口《こう》福《ふく》の祝い笹寿司

はるの味だより

佐々木禎子

時代小説文庫

JN115964

角川春樹事務所

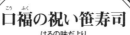

目次

第一章　福寿草とくつくつ軍鶏鍋《しゃもなべ》

厚ぼったい錆《さ》びた色の雲が空を覆っていた。

文政《ぶんせい》六（一八二三）年の師走《しわす》、二十九日の朝である。

年の瀬とあって、浅草広小路《あさくさひろこうじ》は注連飾《しめかざ》りに門松と正月のものを売る露店が並び、人でごった返していた。集客をあてこんで大道芸人が筵《むしろ》を敷いて銭を稼いでいる。茶屋の店先から、行き交う人に客寄せの声がかかる。

押し合いへしあいする人混みのなか、下駄屋《げたや》に太物屋《ふとものや》に小間物屋に薬種問屋とさまざまな店が連なる道を大川《おおかわ》へと抜け、大川橋へと渡る手前の花川戸町《はなかわどまち》——お気楽《きらく》長屋の木戸番の隣の店が『なずな』であった。二階に住居を持つ表店《おもてだな》だ。なんの変哲もない一膳飯屋《いちぜんめしや》である。

『なずな』の障子戸《しょうじど》がからりと開き、竹箒《たけぼうき》をたずさえた女がひとり、外に出る。

彼女の名は、はるという。

とりたてて美人ではないが、笑うと垂れるつぶらな目に愛嬌《あいきょう》があって人好きがする。

眉《まゆ》もあり歯も白いから、未婚なことはすぐに知れた。色褪《いろあ》せた木綿の着物は、柿《かき》の色だ。継ぎをあて大事にして着ている。結んだ帯は半巾《はんはば》で邪魔にならないように平らな貝の口の結び方にしていて、前掛けをかけ、襷《たすき》で袖《そで》をくくっている。彼女の笑顔と、出《い》で立《た》ちのすべてが、はるを、二十二歳の本当の年よりずっと若く見せていた。

ふた月ほど前の神無月《かんなづき》。

下総《しもうさ》の親戚《しんせき》の家で暮らしていたはるのもとに、行方知れずだった兄の寅吉《とらきち》からの手紙と金一両を携えて、彦三郎《ひこさぶろう》という三十路《みそじ》手前の絵師の男が訪ねてきた。

彦三郎は気のいい男で、たまたま茶屋で知り合った寅吉に「ずっと会っていない妹のところにこれを持っていってくれ」と言われ、手紙と金一両を言づけられたのだという。金をくすねたとしても、誰《だれ》も気づきもしないだろうに、彦三郎は正直者で素直なものだから、わざわざはるのところにその手紙と金を運んでくれたのであった。

これは善人に違いないと見込んだはるは、そのまま彦三郎に無理を言い、兄を捜しに江戸までついてきた。

しかし兄は彦三郎に手紙を渡した後にまたもや何処《いずこ》とも知れず行方をくらましていた。

はるにはなんのあてもなかった。頼りになる人もいなかった。

結局、彦三郎ははるのことを「この人ならば面倒をみてくれるだろうから」と『なずな』の店主の治兵衛《じへえ》に頼み込んだのである。

その結果、はるはいま『なずな』にご厄介になっている。

はるが来たときは『なずな』の店先の行灯《あんどん》には『煮買い屋』という謎《なぞ》の文字が大書されていた。

店主の治兵衛は、いつも苦虫を百匹くらい噛《か》みつぶしているような面相の変わり者の初老の男で「うちは客の立場に立った商いをする店だ。煮を売るんじゃないんだよ。客に煮を買ってもらう店だから煮買い屋だ」と益体《やくたい》のないことを言い出して、行灯にそう書いたのだと聞いている。

しかし煮買い屋の名前はとんと定着しないまま、はるが『なずな』に加わったことをきっかけに、もとの一膳飯屋に戻ったのである。

はるは店前を竹箒でさっと掃く。

朝早くから芋の焼ける香ばしい匂《にお》いが、冷たい風にのって運ばれていく。

『なずな』のすぐ隣の長屋の木戸番は、本業は荒物屋だが、小遣い稼ぎに焼き芋の店を出している。

焼き芋の香りが、はるのお腹《なか》のなかをほっこりとあたたかくぬくめてくれる。

はるが鼻先を匂いのする方へと向けると、木戸番の与七《よしち》がひょいっと軒先から顔を出した。

与七は三十代の後半で、お人好《ひとよ》しそうな温和な見た目で、しょっちゅう人の世話を焼いている。はるが長屋に来たときに、一番先にはるに話しかけてくれたのも与七であった。おそらくそんなこまめな質《たち》が認められ、木戸番を預かることになったのだろう。与七の人柄のせいか木戸番は朝から晩まで男女問わずに誰か彼かが立ち寄って、囲碁《いご》だ将棋《しょうぎ》だ、噂《うわさ》話だと賑《にぎ》やかである。

「おお、はるさん」

与七の濃くて太い眉が上下にひょこひょこと動く。手にしているのは福寿草《ふくじゅそう》の鉢だ。寒い冬を越えて咲く福寿草は縁起のいい正月飾りの花である。年末には黄色い花を咲かせた福寿草の鉢のぼてふりが町内をまわっている。

はるのところにも売りに来たが、いまのはるは花より団子だ。ぱっと明るい色合いに心は引かれたものの、買うには至らず見送った。

花を買って飾るだなんて贅沢《ぜいたく》すぎると思ってしまったのだ。たとえそれが縁起物だとしても、花はなんの役にも立たない。

けれどいざこうやって誰かが手にしている黄色い花を間近で見ると、はるの気持ちがふわふわと明るく浮き立った。

「与七さん。おはようございます。福寿草、綺麗《きれい》に咲いていていますね」

頭を下げたはるに、与七が「いまさっきぼてふりから買い立ての春告げ花だ」と笑って鉢を軽く掲げて見せた。

「いい年した男のひとり暮らしはうちんなかの色が暗いって、こないだ彦三郎に言われたからな。色なんざどうでもいいだろうって言い返したら、だから与七は色気がないんだって言い返されて腹が立ったけど納得もしたんだ。たしかにあいつは変な色気だけはあるからな。俺《おれ》もそろそろ身を固めたいし、色を家に入れようかと思ってさ。普段は福寿草なんて買いやしないんだが、そんなわけで今年は張り込んでみたのさ」

彦三郎にそんな言われ方をして納得して素直に福寿草を買ってしまう、誠実で真面目《まじ》《め》な人柄だ。いくらでも嫁のなり手がいそうに思える。

「はるさん、俺はこれで来年は色気を出すぜ。それで、独身しかいないお気楽長屋で唯一の夫婦者になってみせる」

きっぱりとした顔で宣言されて、はるは思わず微笑《ほほえ》んだ。

「色気なんてなくても、与七さんはそのままでもいいと思いますよ。きっとすぐに与七さんにふさわしい素敵な伴侶《はんりょ》と巡り会えます」

「じゃあはるさん、うちに嫁に来るかい？」

唐突だったので、はるは、目を白黒とさせてしまった。

与七に限らず誰が相手であっても、結婚というのは、いまのはるには思いつかない未来であった。

「わたしみたいな年増《としま》に与七さんはもったいないです」

真顔で言うと、

「そりゃあはるさん、体のいい断り文句だ」

からっと笑って与七が返した。

「まあいいさ。年末の振られ納めと、福寿草で来年からは俺の女運も上がるに違いない。はるさん以外の嫁を見つける。はるさん、嫁には来なくてもいいけどさ、今日もお昼、出前してくれるの待ってるぜ」

昼飯を『なずな』に食べにいきたいが店を開けられないとぼやいた与七に「だったらおいしいお昼ご飯、昼時に運ばせてください」と請け負ったのは、はるである。一回こっきりの話かと思っていたが、はるの作る料理は与七の舌に合ったようで、以来、与七は毎日『なずな』の出前を楽しみにしてくれるようになった。

「今日はいつもの納豆汁にきんぴらごぼうです。代わり映えがしなくて申し訳ないんですが」

「あんたんとこの納豆汁は旨《うま》いから、毎日でもいいくらいだ」

「ありがとうございます。あとは軍鶏鍋《しゃもなべ》もできますよ」

出入りしてくれている養鶏の農家が、最近『なずな』がよく鶏を仕入れてくれるからと鶏と軍鶏とそれぞれいいのを置いていったのだ。

はるが『なずな』で出す納豆汁は、納豆の粒に合わせて小さくみじん切りにした鶏の肉も入れている。鶏の出汁《だし》と脂が味噌《みそ》の汁とうまく混じりあい、よその納豆汁とは違うこっくりと深い風味を添えていた。腹の底にどっしりと溜《た》まって、内側からあたためてくれる『なずな』の納豆汁はいつのまにか評判となり、最近はよその店でも真似《まね》をしはじめていると聞くほどだ。

それを聞いたのは、つい三日前のことだったが「なんの修業をするでもない、女の自分の料理を別の店が真似てくれるだなんて光栄だ」とはるがそう言ったら、店主の治兵衛が苦笑した。

味を盗まれたんだから怒ったり悔しがったりしたらどうだい、とは、治兵衛の弁だ。

そんなふうには思えずに困り顔になってしまったはるに、はるを『なずな』に連れてきてくれた彦三郎が「はるさんらしいね」と微笑んだ。

治兵衛はというと「はるさんは、そこで困った顔をするんだねえ」と嘆息していた。

はるは「ごめんなさい」と頭を下げたが、治兵衛はなんともいえない顔になり「あやまって欲しいわけじゃあないんだ。自分の味を真似されて嬉《うれ》しいなら嬉しいでもいいんだよ。そこであたしにひとこと文句を言われたときに、困った顔になるのがいちばん厄介なのさ。笑いたいのか怒りたいのかの、気構えをまだしっかり考えてないってことだからね。店の味をどうしたいのかをまだ持っていないってことだろう」と謎かけのようなことを言いだして、彦三郎が「また治兵衛さんは難しいことを」とさらに笑っていた。

その彦三郎の笑顔が治兵衛のかんに障ったようである。

治兵衛はいつも以上に渋い顔になり「彦三郎は、はるさんよりもっと悪い。絵師としての気構えってものがないうえに、いつまでたってもふらふらとして」と叱責《しっせき》した。はるはともかく、彦三郎はたまたまそこにいたためのとばっちりである。しかも治兵衛の小言はいつまでたってもおさまらず、だからはるはさらにまた「ごめんなさい」と謝罪した。

最終的には治兵衛も彦三郎も「はるさんをあやまらせたいわけじゃあなかったんだが」と頭を掻《か》いた。

とはいえそのとき治兵衛がはるに問うたのは、なにか大切なことだというのは、はるにだってわかる。

以来、はるは、気構えというのを自分のなかに持とうとしている。

納豆汁に関しては、ずっと考えて過ごし、結局「よそに真似されるくらい美味《おい》しい納豆汁ができたのは上出来だ。もっともっと美味しいものに仕上げたい」とそう願った。他の気構えについてはまだ悩んでいる途中である。もっとも治兵衛にそれを伝えたら「気構えってのはそういうもんじゃないんだよ」とまたもや呆《あき》れられるかもしれないが。

そんなことを思い返しながら与七と話していると、

「いいねぇ。あんたんとこの納豆汁はあったまるし、腹だまりもいい」

与七が丸い目をぎゅっとつぶすような笑顔になった。納豆汁のことをずいぶんと気に入ってくれているのが与七の笑顔から伝わって、はるの胸の奥がむずむずとこそばゆくなる。作ったものを笑顔で食べてもらえると、とにかく嬉しくて、ありがたい。

「鰆《さわら》のいいのが手に入ったのでお刺身もできますよ」

鰆は、魚に春と書く。日本の海をぐるりと回る回遊魚で、西での鰆の旬《しゅん》は春である。しかし、江戸での鰆の旬はなんといっても冬なのだ。冬の鰆は産卵のためにしっかりと脂をたくわえて、春とはまったく違う味になる。こってりとして、煮ても焼いても刺身でも美味しい。

同じ魚でも西と東とでは旬も味も違うということは、最近になって、客である戯作《げさく》者《しゃ》の冬水《とうすい》とその妻のしげが教えてくれた。

「刺身か……うーん。寒いから、火がはいったもんが食いたいなぁ」

「でしたら、試しに蒲焼《かばや》きも作ってみたいなと思ってるんですが、どうでしょう」

はるはおずおずと控えめにそう言った。

「どうって。蒲焼きってぇと、うなぎだろう?」

与七がきょとんとして返す。蒲焼きはたしかにうなぎが有名だが、別にうなぎだけの調理法というものではないとはるは思っている。たとえば秋口ならば、秋刀魚《さんま》を三枚に下ろして小骨を削《そ》いで、小麦粉を薄づけして揚げ焼きしたものに、甘辛い蒲焼きのたれをまとわせるとびっくりするくらいにご飯が進む一品になる。脂ののった魚ならば、たいていのものは蒲焼きにして山椒《さんしょう》をかけると美味しくなる。一般的ではないようだが、はるの父はたまに魚を蒲焼きにして食べさせてくれたのだ。

「うなぎ以外でも案外、蒲焼きは美味しくできるんですよ。なにがいいって、あの、砂糖とみりんと醬油《しょうゆ》が混じりあった、甘辛いたれがご馳走《ちそう》ですから。寒いときは甘辛いものや味の濃いものが欲しくなるじゃないですか」

「……そうなのかい？　そうだったとしても、俺は鰆なら、刺身か、焼いたのがいいね。いや、煮付けも捨てがたいな。そうだなあ。煮付けがいいな」

与七が少し困った様子で返事をした。気乗りしない相手に、味の押し売りはできない。

「はい。では鰆は煮付けに」

「ああ、煮付けで頼む。濃い味で甘辛くやっつけてくれ。それだけで飯が食えるからね。煮汁を垂らして白いまんまをこう、かき込んでさ……って、いけねぇ。考えたら、よだれが垂れちまった。昼が楽しみで将棋がはかどるっていうもんだ」

与七は、鉢を片手で抱えて、おどけた仕草で片手できゅっと口元を拭《ぬぐ》って見せた。

「もう。与七さん。仕事をはかどらせてくださいよ」

違いないと与七は笑って、木戸番の小屋へと戻っていった。どうやら朝からいつもの近所の面々と将棋勝負の最中らしい。

同じ甘辛い味なのに蒲焼きは敬遠されて、煮付けならよだれが垂れると言われるのか。どちらも美味しくできるのに、慣れない味を食べたいと思ってもらうのはしみじみと難しい。

与七を見送るはるの目の前に、空から剝《は》がれ落ちるようにして雪がひとひら、はらりと落ちてくる。

「雪」

思わず左手をのばし、雪を手のひらで受け止めた。綿を入れた着物の袖からつき出た腕が、風にさらされて、寒い。頰《ほお》や首にぴゅうっと冷たい風を受け、はるはぎゅっと身をすくませる。

「どうりで寒いと思ったわ」

あまりに寒いから、納豆汁に入れる鶏《とり》の脂のところをいつもよりもうちょっとだけ多めに足したのだ。寒い日は脂の膜を上にすーっと張らせると、汁物が冷めにくくなる。ただし鶏の皮と肉のあいだにある脂肪は臭いから、そこは惜しげなく削いで捨てる。黄ばんだ色の脂の処理をしっかりして、良い脂肪のところだけを使って料理するのが大切だ。生姜《しょうが》も増して、鶏特有の生臭さも消してある。

鶏卵は高級で美味しいと江戸の町人にも人気が高い。が、卵はよくても鶏肉のほうはなかなか手に入れられるものではないということもあり馴染《なじ》みは薄い。軍鶏や雉《きじ》、鶉《うずら》は食べてくれるのだが、鶏を調理するには工夫が必要らしい。以前『なずな』で出した鍋に鶏を使ったが、鶏の肉の上に雪に見立てた大根おろしをふんわりとかぶせた雪見鍋であった。

「鶏肉を増やした納豆汁は、今日みたいな日にはちょうどいい味になったと思う。でも、治兵衛さんが来たら食べていただいて本当にこれでいいか教えてもらわないとならないわ。あとは、そうね。彦三郎さんにも食べてもらいたい」

わたしが美味しいと思っても、みんなが美味しいわけじゃあないんだから。

ふと、心細げな声が出た。

はるの料理は、食べることが大好きだった父が作ってくれた味を思いだしながらの独学のものだ。

きちんとした料理を学んだわけではない。

師匠として頼れる相手がいないいまの自分の半端さが、ときどきはるを不安にさせる。もっと美味しくできるのではないか。さらに違う食べ方があるのではないか。

そんなとき、はるが唯一頼れるのは、食べてくれるみんなの表情と言葉だ。

美味しいと言いながら頬張ってくれると嬉しいし、箸《はし》をつけてから首を傾《かし》げて無言になって料理を残されると悲しくなる。

そのくり返しで日にちが経《た》って、やっとふた月が過ぎていった。

ひとつひとつが勉強で、店に出す料理のすべてが真剣勝負の品だった。

「でも納豆汁だけじゃあ、あのいい鶏がもったいない気がするわ。他にもなにか作りたいような……」

立ち止まって思案する。

「鶏……鶏の美味しい料理……鍋にすると軍鶏鍋と重なってしまうし……甘辛くすると煮付けと同じ味になる。雪見鍋でもいいけれど、あれはこないだ出したばかりだし、違うものに仕立てたいわ。与七さんみたいな人が、よく知らないけど美味しそうだねって頼んでくれるような料理にできないもんかしら」

ぶつぶつとつぶやきながら、頭のなかで献立をひとつひとつ確認し、再び竹箒を動かしはじめた。

かつて父が作ってくれた、鶏肉の湯漬けはどうだろうと思いつく。鶏肉を湯がいたものを小さく裂いて、炊《た》きたてのご飯の上に載せ、梅干しと小口切りにした葱《ねぎ》と胡麻《ごま》をぱらりと振る。梅の酸味と葱の香りがつんと鼻の奥を刺激する。しっとり茹《ゆ》でられた鶏肉の旨味が湯に溶けこむようで、ご飯が、さらさらと喉《のど》の奥を通っていった。

はるは幼い時分、薬売りの父と、ひとつ上の兄の寅吉と共に、日本のあちこちを行き来していたのだ。鶏肉の湯漬けを食べたのが、どこでのことだったかは忘れたが——食べるものがなにひとつなくてひもじい思いをした旅先での出来事だったことはよく覚えている。腹と背中がくっつきそうにお腹がすいて、空腹を満たすためにやたらと水をがぶがぶと飲んだせいで、お腹を壊してしまって難儀した。

思い起こしてみると、だいたいいつも美味しいものを食べた記憶は、はるが病気になって、それで父と兄の仕事の足を止めてしまった後のことなのである。

弱ったはるに食べさせたいと、父が、滋養に溢《あふ》れたものを作ってくれて、それをみんなで一緒に食べた。そんな思い出ばかりがいまとなっては蘇《よみがえ》る。

父は「薬売りだから薬だけは売るほどあるんだ。腹下しの処方はまかせておけ」と笑い、壊れた廃寺の軒先を借りて、藁《わら》と半纏《はんてん》を器用にまとめてはるのための寝床を作ってくれた。

うとうとと目を閉じていたはるのために、絞めた鶏を持ってきたのは兄だった。父が「おまえ、まさか盗んだんじゃあるまいな」と目をつり上げたら、兄は「力仕事をしたから駄賃としてもらったんだ」と言い張った。実際のところどうだったのかは、はるにはよくわからない。いまにして思うと、兄の手足は汚れていたし、背中にはぶたれた跡があった。父は、兄の話をひとしきり聞いてから「はるを見てろ」と念を押し、仕事道具の入った柳行李《やなぎごうり》を背負い、ひとりで外に出かけていった。戻ってきた父の手には薬味の葱や胡麻などがあったから、料理に使うものを準備しにいったのだろうと当時は思い込んでいた。しかしあれは、もしかしたら兄が鶏を盗み、殴られながらも逃げ延びたのを知った父が、売り物の薬をたずさえて、農家に詫《わ》びを言いにいったのかもしれない。

だって、帰ってきた父の顔を見て、兄が泣きそうな顔をしていたから。

そういえば、あのとき父は兄の頭を軽くこづき、兄は握った拳《こぶし》でぎゅっと両目を拭《ふ》いていた。

ほろりと苦いものがこみ上げてくる。

父がいて、兄がいた。

はるはあの頃《ころ》、まわりのみんなに守られて生きていた。難しいことや汚いことからは遠ざけられて、綺麗な上澄みだけをすくって過ごしていた。

「湯漬けは……いまだったら、わさびも添えるといいかもしれない。おとっつぁんにあれをこさえてもらったときは、わたしはまだ子どもだったからわさびはなしで一口だけもらったんだわ」

あの日のはるはお腹を壊しているからと、しっかり煮込んだ鶏粥《とりがゆ》を作ってもらった。

父と兄は粥ではなく鶏の湯漬けで、粥でお腹が膨れたというのに、はるは湯漬けも一口欲しいとお願いしたのだ。父は困った顔で「一口くらいならいいだろうけど、俺の湯漬けにはわさびを混ぜてしまったからなあ。はるにはまだ早い味だ」と、そう言った。

まだ早い味。

そのひと言が、はるにとって、鶏の湯漬けを特別なものにしたのである。

父だけがわさびを添えて食べていた。そうしたら兄が「仕方ないな。はるには俺のを一口やるよ」と匙《さじ》ですくってわけてくれた。兄だってお腹がすいていただろうにと、いまなら、思う。

兄からもらった鶏の湯漬けは、はるには特別な味に思えた。粥よりもっと美味しく感じた。

粥とは違い、湯漬けのほうは、かっと目が見開かれるような力強い味がした。

しっかりとしたご飯の粒と、舌先でほぐれた鶏肉と梅と葱の味がつんと口中に広がって、さらりと呑《の》み込んだあとは旨味だけが舌の奥に残っていた。

その後、兄は「俺だって、もういっぱしの男だ」と言い張って、父のわさびをねだっていた。父はというと、少し考えてから、兄の湯漬けにわさびを添えた。

兄は勢いよくわさび入りの湯漬けを食べて、やっぱりまだ辛いのは無理だったのか、ぶっとむせた。けれど、笑いながらわさびを取りのけようとした父の手を避《よ》け、目に涙をにじませて「平気だよ。旨い。旨いなあ、わさびは。俺はもう大人の男なんだから、わさびくらい」と強がっていた。

いつか大きくなったら自分も鶏の湯漬けにわさびを添えて食べられる。

あの頃、はるは無邪気に、その日がくるのをわくわくとして待っていた。

兄さんだって本当はまだまだ子どもだったのに。

当時のはるにはそれがわからなかった。

大人の男になって小さな弱い妹を守らないとと、兄は、小さな身体《からだ》で気張っていた。

そんなことにも気づかずに、はるは、早く大人になってあれを食べたいと、兄のことをうらやましく見上げていた。

思い返した光景の切なさと痛みが、はるの胸の奥をつんと刺す。

「お兄ちゃん」

ふと零《こぼ》した言葉が白い息になり、風に紛れて消えていく。

はるは、竹箒を片手に、帯のあいだに挟んだ紙入れを片手でそうっと撫《な》であげる。

そのなかには彦三郎が描《か》いてくれた、大人になった兄の絵が入っている。

父が亡くなったのは、はるが十二歳になったときのこと。旅先で寝付いた父はあっけないくらいにあっというまに息を引き取った。そのときのことを、はるは正直、あまり多くは覚えていない。

なにもかもを兄にまかせて、はるは土まんじゅうの下で眠る父のことを思いながらただひたすらに泣き続けた。

その後、兄は、はるを叔父のところへと連れていき「俺は口入れ屋に頼んで奉公先を探す。その金で、はるのこと食わしてやってくれ」と頭を下げた。はるは兄と離れたくないと泣いてすがったが、兄の決意は固かった。それでも奉公先が決まりさえすれば藪入《やぶい》りに、はるに会いに戻ってきてくれると信じていた。

なのに――それきり兄ははるの前から行方をくらました。

どこに奉公にいったかもわからない。届けると言った金はもちろん届かない。それでもはるは兄の言葉を信じて待っていたし、叔父や叔母は、金が届かないからといって、はるを放《ほう》りだすような冷たい人たちではなかった。

はるはずっと兄を待ち続け、二十二歳まで村で過ごし、そこに彦三郎がはるの兄から預かった一通の手紙と「金一両」を持ってやって来たのだ。

手紙に書いてあったのは『俺のことはいないものと思ってくれ。達者で暮らせ』というそっけない言葉だけ。どこにいるとも書いてはおらず、はるとの縁を切るための手紙である。

そんな馬鹿なと、はるは思った。こんな手紙一通で、兄を忘れられるわけがない。

生き別れになって、ずっと会えていないから、いまの兄がどんな姿かをはるは知らないのだけれど――彦三郎に「金をくれた人はどんな姿だったんですか」と聞いたら、彼はさらさらと兄の絵をその場で描いてくれた。そしてはるは、ひと目見ただけですぐに「これは寅吉兄さんだ」とわかったのだ。

兄は、生きて、江戸にいる。

彦三郎がそれをはるに教えてくれた。

だからはるは彦三郎に頼み込んで、江戸に来た。それだけじゃなく彦三郎の伝手《つて》を頼り『なずな』で働かせてもらうことになり、店の二階に住まわせてもらっている。

店の仕事の合間に、時間を見つけて兄の似顔絵を片手にあちこち捜してまわったりもしているが、そんなやり方は、広い江戸で小さなたったひと粒の砂を探すかのようなもの。闇雲《やみくも》に歩いてまわってもどうにもならないことだけは、わかっている。

はるの下まぶたに涙が溜《た》まり、かつてまだ幼かった兄がしていたように涙をぎゅっと手で拭った。

「泣いてなんていられないわね。やらなくちゃならないことがたくさんあるっていうのに」

自分に気合いを入れるように、前帯のところをとんと片手で叩《たた》いてつぶやく。

見上げると、雲のふるいにかけられたかのようにさらりさらりと空から降る雪が、人の頭や肩先、あるいは道の真ん中に落ちては、すぐに溶けて形をなくす。行き交う人は誰も彼もが急ぎ足だ。さすが師走。師も走るとはよくぞ名付けたものである。

道ばたに溜まる雪を箒で掃いていると、向こうから見慣れたふたりの姿が見えた。

『なずな』の店主の治兵衛と、彦三郎である。

寒いせいか治兵衛は背中を丸め、肩を細めて歩いている。傍らに並ぶ彦三郎は足取りも軽く、なにやかやと治兵衛に話しかけていた。治兵衛が彦三郎に言い返し、彦三郎がしゅんとしおれる。言葉は聞こえなくても、いつものふたりのやりとりなのが伝わって、はるは思わずくすりと笑みを零した。

「治兵衛さん、彦三郎さん、おはようございます」

近づいてきたふたりに、大きな声を上げそう言うと、彦三郎が、飼い主を見つけた犬みたいにすっと顔を上げ足を速めた。

彦三郎は絵を描いているときだけは真面目だが、それ以外は昼寝中の猫みたいにぼんやりとしていてとらえどころがない。

「寒い寒い。早く店に入れとくれよ。雪だよ、はるさん」

「はい。雪ですね」

そうなんだよと、両手を擦《こす》りあわせてさらに「寒い寒い」とくり返し、彦三郎が店に入っていった。

後ろからゆっくりと歩いてきた治兵衛が「わざわざ口に出してそういうことを言いなさんな。よけいに寒さが増すじゃあないか」と小言をくりだす。

治兵衛は、恰幅《かっぷく》のいい初老の男性だ。白髪を銀杏髷《いちょうまげ》に結って、こなれた紬《つむぎ》の茶縞《じま》の着物に帯は黒。羽織も紬で、襟元に手拭《てぬぐ》いをくるりと巻いている。首巻きは、普通なら長い絹で、僧侶《そうりょ》や病人がぐるぐるにしっかり巻いているものなのだが、治兵衛のそれは藍《あい》に白で柄を抜いた手拭いを気安くひょいと巻いただけ。しかも江戸で人気だという「鎌《かま》」の絵に「〇」と「ぬ」をあらわした、かまわぬの柄だ。

はるは、ついしげしげと見つめてしまう。さすが江戸だ。手拭いの柄も、使い方も、洒脱《しゃだつ》である。

「今朝はいつもより早いですね、治兵衛さん」

「今日の雪は積もりそうだから、早めに来たのさ。うっかり転んで、またぎっくり腰をぶり返したら、寝正月になっちまうだろ」

店先の掃除はもう終わっている。治兵衛について、はるも店へと戻ることにした。

はるが治兵衛の首元を見つめていたことを察してか、治兵衛はばつが悪そうな顔で、

「雪が降ってきたからこれを巻けって、彦三郎がさ。風邪《かぜ》をひいたらどうするんだと、道の真ん中で、手拭いであたしの首を絞めるんだ」

と手拭いを解《ほど》きだす。

「人聞きの悪いこと言わないでくれよ。絞めてないだろう」

彦三郎が床几《しょうぎ》に座り、火鉢に手をあてながら、そう言った。治兵衛はその向かいに座り同じように火鉢に手を当て、解いた手拭いを彦三郎へと差しだした。

「あとちょっと、きゅっとやられたら絞まってた」

絞めてないよと、情けなく眉を下げ、彦三郎が言いつのる。

「治兵衛さん、案外、その柄が似合っている。長巻きはどうしても年寄り臭く見えるけど、手拭いの首巻きだったらずっと若く見えるぜ？　ここのところ江戸の男たちはおしゃれでそういう使い方をしているの、治兵衛さんも見て、知っているだろう？あたたかいしさ、そのまま巻いててくれよ」

「七代目市川團十郎《いちかわだんじゅうろう》の手拭いだろうが、これは。あたしが菊五郎《きくごろう》贔屓《びいき》なのは知ってい

るだろう。嫌がらせかい」

治兵衛が鼻を鳴らして、顔をそむける。どうやらいま人気の歌舞伎《かぶき》役者にいわれのある手拭いのようである。

「まったく彦は、誰彼かまわずそうやって親切にしてみせるところがあるから、だめなんだ。そんな調子で、通りすがりに若い女にも優しくしてまわるからいらない醜聞ばかり広まる。それにね、年を取って綺麗に枯れたって言ってもらえるならまだしも〝ずっと若く見える〟なんて言われて気持ちが上がるもんか。そりゃあいまのままだと年寄り臭いっていう意味じゃあないか。年寄りだから年寄りに見えてもいいんだよ。でも〝臭い〟ってのはどういうことだい。他の人はどうだか知らないが、あたしにとっちゃあ褒《ほ》め言葉じゃあないよ」

こうなったら治兵衛は絶対に引き下がらない。彦三郎もそれをわかっているから、渋々と、手拭いを受け取って懐《ふところ》へとしまい込んだ。

「なんで親切を叱《しか》られないとならないんだかわからないなあ。だいたいさ、銭がないわけじゃないんだから駕籠《かご》を使いなよ、治兵衛さん」

「銭の問題じゃないんだよ。自分の足で歩ける範囲を、あたしはいつまでもこの身体で確認しておきたいのさ」

「猫や犬が縄張りを見張ってるみたいな言い草だ」

「一緒にするな。あたしが猫や犬だったら、自分の縄張りにおまえさんを入れたりしないよ。追い払うに決まってる。おまえさんをあたしの縄張りから放り出さないのは、あたしが人間だからだ。ありがたいと思いなさいな」

「ああ……そうか。治兵衛さん、人間でありがとうな」

彦三郎が素直に応じると「感謝するなよ、そんなことで。まったくおまえは」と治兵衛が目を剝《む》いた。

「なんだよ、もう。どう言っても治兵衛さんは俺を叱るつもりで生きてるんだなあ」

とことん気抜けた声で彦三郎が嘆くのがおかしくて、はるはこっそりと笑いを嚙み殺す。

「ところで、はるさん。今日の献立はなんだい？」

治兵衛は彦三郎との応酬をやめ、はるに声をかけた。

小上がりの手前にある見世棚《みせだな》に、小皿料理が盛ってある。きんぴらごぼうに昆布豆《こんぶまめ》に椎茸《しいたけ》の佃煮《つくだに》は定番だ。いつもと味を変えていないし、見てわかるものは説明しなくてもかまわないと治兵衛が最近言うから、見世棚の小皿料理ははぶくことにした。

「今日も寒いから納豆汁を作りました。寒い日はこってりと濃い味が欲しくなります。

いつもより鶏を多めにして味も心持ち強くしたんですがどうでしょう。これで出しても大丈夫でしょうか」

はるは、納豆汁を椀《わん》に注《つ》いで、さっと出す。

治兵衛と彦三郎が椀に口をつけ、ずずっとすすった。

ふたりともあっというまに平らげて、ふぅと人心地ついたかのような吐息を漏らした。よく考えたら店主の治兵衛はともかく、関係がないのに、彦三郎が当然のように味見をしているのはおかしいのだが。

「いいと思うよ。いつもどおりに旨かった」

治兵衛の太鼓判をもらい、はるはにこりと笑顔になって、空になった椀を片付ける。

「鰆もいいのが手に入ったので煮付けにします。全部は煮ないで残しておいて、いらしたお客さまにうかがって、刺身か塩焼きにしようと思ってます」

「全部煮付けていいじゃないか。なんでそうしないんだい？」

治兵衛が聞いた。

「旬のものだから刺身で食べたい人が多いような気もして迷ってます。軍鶏のいいものも仕入れたので、ごぼうやこんにゃく、長葱を入れて軍鶏鍋も出そうと思っているんです。軍鶏鍋は醤油と味醂《みりん》の、旨味としょっぱい味の鍋だし……」

軍鶏はさばいたものを丁寧に下ごしらえをして出汁をとっている。昆布と一緒に朝から骨を煮込み灰汁《あく》を取り、漉《こ》して鍋に取ってある。黄金《こがね》色の出汁に質のいい脂が丸い形で浮いている。熱されると脂は出汁に溶け、旨味になって具に染み込む。軍鶏の臓物も血合いを取って、ざっと茹でこぼし、綺麗にしている。

「醤油のものが重なるのが気になるのか」

「はい。きんぴらごぼうも味付けは似てますから。納豆汁は味噌ですが、他は醤油のものばかりです。塩焼きとか塩の汁とか違う味のものも選びたいんじゃあないかって思って」

せっかく来てくれたなら、いろんな味を食べてもらいたい。違う味の取り合わせを選ぶ楽しさも感じて欲しい。

「それから、鶏のいいのも置いていってもらったので納豆汁に使った残りの部分で、鶏の湯漬けを作ってみたいんです。鶏は、このあいだの雪見鍋がみなさんに美味しく食べていただけたから、鶏の湯漬けもきっと気に入ってもらえると思うんです。わたしが子どものときに食べたもので、元気になる味だったから。……思いだしながらの調理で失敗するかもしれませんが、治兵衛さんと彦三郎さんに食べていただいてもいいですか？」

「うーん……試しに食べるのはいいけどね、それでその鶏湯漬け？　それが美味しいってなったら、昼の献立として出すのかい？　いま聞いた話だと、はるさんがひとりで作るには品数が多すぎるかもしれないね。ここのところうちは繁盛してずいぶんと混むようになっただろう」

「はい」

「来た客を待たせずに食べてもらえるのが、うちみたいな小さな店のいいところだ。竈《かまど》も人も足りないよ。そんなにたくさん品数を増やさなくていいんじゃあないかい」

薄々感じていたことを指摘され、はるはしょんぼりと肩を落とした。

いまのところ『なずな』の竈はふたつだけだ。燗酒《かんざけ》のちろりは七輪《しちりん》でまかなっている。ちろりとは錫《すず》でできた取っ手のついた酒器である。『なずな』ではちろりのなかに酒を注いで湯煎《ゆせん》にして、ちょうどいいぬる燗を作っている。

できたてで熱いものを食べてもらいたいと努力してなんとかやりくりしているが、品数を多くするとそれもかなわなくなるのは目に見えている。

「だけど、ここのところぼてふりにもうちの名前を覚えてもらって、美味しそうなものをみんなで次々と売りに来てくれるんです。だから、常連のお客さまは、いつものきんぴらごぼうや昆布豆とは別に、日替わりでいろんなものを食べていただきたい。

それに、治兵衛さんがおっしゃったように最近お客さまが増えてきているから……」

「最近、昼時に人が多いのは、年末だからだよ。はるさん」

たしなめる言い方を治兵衛にされて、はるは身体の脇《わき》におろした両手をぎゅっと握りしめる。

いつか言われた「気構えを持て」という言葉が脳裏を過《よ》ぎる。

黙ってうなずいているのではなく、ここで自分の意見を言うことが気構えの現れではないだろうかと活を入れる。

「はい。浅草寺《せんそうじ》をはじめとして、このあたりのお寺や神社にみんながお参りにいらっしゃるし、近くには吉原《よしわら》遊郭がありますし……だったら人出も暮れから新年にかけてもっと増えるはずでしょう？　そういうときに食べてもらった一見《いちげん》さんに、二度目のお越しを願えるようなご飯を作りたいんです。いらしたお客さまに〝美味しかったな。また来たいな〟ってそう思っていただけるようなものを出したいんです。よそで真似されている納豆汁だけじゃなく、もっともっと美味しいものを、新しく作りだしたいんです。それがわたしの気構えです。売上げもちょっとずつですが上がっています」

この勢いでどうにか『なずな』をもっと繁盛できる店にしたいのだ。かって『なずな』がそうであったような、みんなが笑顔で美味しいご飯を食べられる、人でいっぱいの一膳飯屋にしたいのだ。

もちろん素人に毛が生えた程度のはるには過ぎた望みなのはわかっている。自分が板場に立てていることこそが、とんでもない幸運なのだ。

それでも、はるはそうしたいと図々《ずうずう》しくも願ってしまったのである。

「はるさん、ひとつだけ勘違いをしているね」

治兵衛が目を細め、険しい顔になった。

「勘違い……ですか？」

「料理の味で人が来てるわけじゃない。年末だから、昼に暖簾《のれん》を出してるうちの売上げは上がってるんだ。このへんの大きな店のほとんどが夜しか店を開けないからね。献立じゃなく、時間だよ。たぶん直二郎《なおじろう》もそのへんを見込んで、昼からずっと店を開けることにしたんだろうが」

直二郎というのは治兵衛の息子だ。『なずな』はもともと直二郎の店だった。

直二郎が生きていたときは、ここは繁盛した店だったと、当時の常連の客たちが、はるにそう教えてくれていた。

だが、はるが来る少し前に直二郎は事故で突然亡くなって、それで治兵衛は若くして死んだ息子の店をわけもわからず継いだのだ。

直二郎がいなくなってがらんとした店のなかを見たときに、治兵衛は自分が『なずな』をやってみようと思いついてしまったのだと言っていた。

料理を作ったことのない治兵衛がひとりでやっていた頃の『なずな』の献立は、どれも微妙にまずかった。

というわけで、はるが訪れたときの『なずな』は巨大な閑古鳥《かんこどり》を抱えた店だったのである。

「直二郎さんがやっていらしたときは……ここは流行《はや》っていたと聞いています。でも時間って？」

治兵衛の語る言葉の意味がよくわからず、はるはおずおずとそう聞いた。

「わからないかい？　つまり、味だけでは他の店には勝てないから、店を開けてる時間で勝負に出たっていうことさ。特に、こういう年の瀬なんかはね、暖簾を出す時間ってのが重要なんだ。掛け売りの集金で飛びまわってる連中は、年末までに金を集めないとどうしようもない。だから慌ただしく江戸中を走りまわってて、昼をきちんと食べる暇もない。なにを食べたいとか、あれが美味しいとか、気にしてなんていないんだ。ただ、そういう連中にとって昼前に暖簾を出してる店ってのがありがたいのさ。屋台で食べるより店に入って座ったら、少しだけ足が休まる。風のとおらない場所であたたかいものを、できるだけ安く、手早く食べたいんだ。うちみたいに昼に開いてる一膳飯屋は重宝なもんさ。さっと入って、ぱっと食べて、そこそこに美味しいもので腹を満たして、飛び出ていく。今日明日と、もっともっと振りの客が多くなるよ。それで年明けにはぱたっとやむ」

「はい」

「みんなうちの店の名前なんてここを出た瞬間には忘れてるよ。次に掛け売りを集金しにいく店のことと銭勘定で頭がいっぱいさ。味わうつもりがない連中に食べるのに時間のかかる料理を出そうとするのは、うまくないやり方だ。そのうえではるさんは、急いでいる客の舌と腹をぐっと摑《つか》んでまた来てもらおうって思うのかい？」

嚙んで含めるような説明が、ゆっくりとはるの頭に沁《し》みていく。

自分は、なにもわかってはいなかった。はるが考えているのはいつでも料理のことだけで、いつ店を開けるべきだとか、せわしなく歩く人たちのその早足の理由とか、まったく想像もしていなかった。

「……ごめんなさい」

見当外れの気構えを熱心に語ってしまった。

思わずうなだれたはるを、治兵衛が困ったような顔をして見つめている。

「あやまるんじゃないよ、はるさん。叱っちゃいない」

優しい言い方が、かえってはるの胸に応《こた》える。

叱ってくれるほうが、いっそ嬉しい。なのに治兵衛は、はるを叱りとばしてもくれないのである。

なにひとつ理解していないくせに、できもしない大きな望みを語った自分が恥ずかしく、身体が勝手に縮こまる。

はるの様子を見かねたのか、割って入ったのは、火鉢で両手を炙《あぶ》っていた彦三郎だ。おっとりとした口ぶりで、茶化すでもなく、温和に告げる。

「そうだよ。治兵衛さんは顔は怖いけど、だいたい、叱っちゃいないんだ。気にすることはないよ。はるさんの気構えは俺には伝わったよ。美味しいもんを食べて欲しいってそういうことだろ」

「はい」

「望みってのは、ひとりで黙って抱えているより、そんなふうに誰かに話しちまうほうがいいんだと俺は思うよ。俺なんかいつも、そうだ。俺には思いつかないようなことを、人が教えてくれるだろう？　それだけじゃなく、度量の広い相手に言うと〝彦三郎にはそれは無理だから、こっちでやっとくよ〟って、俺のかわりにその望みをちやっちゃとやっつけてかなえてくれることもあるからね。口にしただけで、寝てるあいだに数日中に俺の願いがかなってるなんて寸法さ」

へらりと笑ってそんなことをいけしゃあしゃあと言ってのけるものだから、

「彦……！　望みくらいおまえは自分でかなえなさいよ！」

治兵衛が呆れた声をあげる。

彦三郎が頭をきゅっとすくめ、はるに目配せするようにして笑ってみせた。

叱られているのにそれには応じず、

「はるさん、腹が減ったよ。納豆汁は旨かった。今日は他になにを食わせてくれるんだい？」

とはるに甘えてくる。

治兵衛がぎろりと彦三郎を睨《にら》みつける。

「おまえさん、ちゃんと金を払うんだろうね」

「掛け売りで頼むよ」

「掛け売りで飯を食わせろって言うのかい‼　図々しいよ、彦っ」

治兵衛が拳《こぶし》を振り上げて、それを見た彦三郎がにっと笑って、

「ほら、これが、治兵衛さんが本気で叱ってるときの顔だよ。さっきのとは雲泥の差

だろう？　さっきのは怒ってなんていなかったのさ」

ひょうひょうとそう言ってのける。

はるは治兵衛に叱られたから落ち込んでいるのではないのに。ちゃんと叱ってもらえさえしないことに、みじめさを感じているのに。

「違うんです。わたしは怒られたことが嫌だったんじゃなくて」

「うん？」

「怒られもしないことが悲しかったんです。ぜんぜんまだ何者にもなれてなくて、治兵衛さんに迷惑かけてばかりなのがみじめな気がしました。困った顔をさせてばっかりで申し訳なくてたまらない」

彦三郎の目が丸くなる。治兵衛がはっとしたようにはるを見る。

「いつまでたっても気持ちが素人のままで、だけどどうしたら玄人《くろうと》になれるかがまったくわからない……。治兵衛さんに言われてから、ちゃんとした気構えを持とうとずっと思っているんですけど」

そこまで言って、はるは、ふたりが自分を見返す表情に、狼狽《うろた》える。

ふたりとも眉間《みけん》にしわが寄っていた。治兵衛はいつものことだが、彦三郎はめったにそんな顔をしない。

言ってしまったら胸につかえていたものが晴れるかと思いきや、そんなことはなかった。勇気を出してすべてを口にしたのに、さらに申し訳ない気持ちになった。

「ごめんなさいっ。おかしなことを言いました」

慌てて両手を前に揃《そろ》え深々と頭を下げた。

「おかしくはないよ。ごめん、はるさん。茶化すようなことを言って悪かった。俺はみんなが俺みたいな性格だと思い込んで生きているからさ、そういうまともな真面目さの持ち合わせがない。治兵衛さんは怖いのに、よくそんなこと面と向かって言えるね。怒られもしないことが悲しいだなんてさ。はるさんは、すごいな」

彦三郎が言い、治兵衛が「だから、彦っ‼　おまえはすぐにそうやって混ぜっ返して」と眉間にしわを寄せる。

「すごくないです。わたしはただ身の程知らずなだけで、なんにもできてなくて。本当にごめんなさい」

うつむいたはるに、

「あやまるこっちゃあないよ。あやまらなきゃならないのは、あたしのほうさ。今度から、あたしははるさんをもっとまっとうに怒ることにするよ。まさか怒られたいと言われるなんざ、思いつかなかったもんだから。……あたしも年を取ったもんだねえ」

　妙にしみじみと治兵衛が語る。

「美味しい料理を作りたいし、食べてもらいたいっていうのだけはちゃんとあたしも受け止めてるんだ。はるさんが毎日毎日、ご飯のことばかり考えて『なずな』を立て直そうとしているのはあたしだってわかっているんだよ」

　はるはそろそろと顔を上げる。

「料理の素人のあたしには、料理にまつわることはなんにも教えられることがない。その代わり、商いのほうをもうちょっと考えるようにしようと思ったんだ。自分よりずっと若いあんたが一生懸命に働いて、美味しいものを作ってくれてるのを見たら、できることを手伝わなくちゃならない」

　治兵衛が静かにそう言った。

　治兵衛はまっすぐにはるを見ている。険しい顔で、だけどまなざしはどこか優しい。

「あたしは商売の勘所だけはわかるんだよ。隠居した身でも、ずっと代々続いた薬種問屋をやってきていたんだからね。今日のところは、あたしのその勘を信用してくれないかい、はるさん」

「はい」

「今日は軍鶏鍋にしておくれ。似通った、しょっぱいものが重なっていてもいいんだよ。軍鶏鍋は甘くないけど、煮付けは甘い。その程度の違いでいいんだ。江戸っ子は甘辛い味が好物だ。濃い味のがなんたっていいのさ」

教え諭す言い方で治兵衛が続けた。

「そりゃあうちには長《なが》っ尻《ちり》の客もいる。戯作者の冬水先生のご夫婦は何品もいろんなものを頼んで酒を飲む。だけどいまうちが賑やかなのはいつもの客のおかげじゃあないだろう？　さっきも言った通り、師走でみんなが走りまわっているせいでふだんはここに来ない客も振りで入るんだ。時間もなければ銭もそこまでない客ばかりだ。白い飯と甘辛いおかず一品でさっと帰っちまう。納豆汁は昼過ぎにまたもう一回多めに鍋に作るといいかもしれないね。鶏の肉は昼過ぎの納豆汁のために残しておきな。軍鶏があるんだから軍鶏鍋は用意しよう。ただ、今日は、鍋はそこまで出ないかもしれないよ」

鶏湯漬けはまた今度。作るにしても今日じゃあない。

治兵衛は最後にそうつぶやいた。

はるは「はい」とうなずいた。

治兵衛と彦三郎はふたりして火鉢に炙られ、縮こまっていた手足が少しずつのびていく。

はるは治兵衛に言われたとおりに軍鶏鍋の仕込みをはじめることにした。

「はるさん、俺、お腹がすいてたまらないんだ。軍鶏鍋をおくれよ」

彦三郎が顔を上げ、竈の前に立つはるに言う。

「銭ならちゃんと持ってるよ。こないだ俺は、歌舞伎のさ、役者絵を引き受けたんだ。さっきの手拭いは、世話になってる治兵衛さんに使ってもらえたら嬉しいからって、ねだってもらってきたもんなんだけどなあ。いらないって突っ返されちまうとは思わなかったな。治兵衛さんにはいつも迷惑かけてるし心配されてばかりだからたまには親孝行ならぬ、他人孝行をしようと思ってたのに、俺の孝行はここぞというときに空振りになる」

なんということのない口調でさらっと重要なことを言う。

「……彦三郎、おまえ」

治兵衛がうっと声を詰まらせた。

「そういうのは最初に言いなさい。ほら」

そして、むっとした顔で彦三郎へ手を出した。

「なんだい、治兵衛さん。その手は」

「うるさいなっ。さっきの手拭い、もらってやるって言ってるんだ。そういう大事なことはあたしの首を絞めたときにお言いよ」

「首は絞めてないって……」

「いいからっ。とっととお寄越《よこ》し」

そっぽを向いて言った治兵衛に、

「……本当に、素直じゃあない頑固爺《がんこじじい》なんだから」

と彦三郎が笑う。

「そりゃああたしには褒め言葉だよ。頑固な爺ほど信頼できるもんはないからね。立派な大人はたいがい頑固なもんなんだ」

「うん。頑固な爺《じい》さんでいてくれて、ありがとうな、治兵衛さん。あんたが俺を気にかけてくれたから、俺は、また絵筆を持とうって気になれたんだ」

いそいそと立ち上がって治兵衛の前まで近づき、その首に手拭いを柔らかい仕草でくるりと巻いた。

「まったく、おまえは、そういうところが」

治兵衛がぼそりとつぶやいた。

そういうところが「どう」であるとは言わず、尻切れとんぼで声がすぼまる。それでも、はるは、治兵衛の言いたいことを理解できた。

「それから、はるさんも」

彦三郎がはるを見た。

「わたし……ですか？」

「はるさんががんばっている姿を見て、俺も、たまには、なにかしようかなって思ったんだよ。一年のうちの二日か三日くらいは一生懸命真面目にがんばるのも悪くない」

「たまにはですか」

はるが呆れてつぶやくと、彦三郎が真顔で言う。

「うん、俺は、たまにでいいんだ。みんながみんな二六時中真面目だったら世の中はつまらない。誰も彼もがまともで、まっすぐに生きていくことしか考えていない世の中ってのは息が詰まるような気がするんだ。だから俺は遊び心ってのを大事に胸いっぱいに抱えてさ、二六時中真面目にぐうたらすることにした。そういう気持ちでこの後は生きていこうって思ったら、絵を描きたい気持ちがまた湧《わ》いてきてさ」

地の底から這《は》い上がるような声で治兵衛に名前を呼ばれたが、彦三郎はしれっとしている。

「彦三郎」

「これは真面目な話なんだよ、治兵衛さん。俺は花みたいにそのへんに咲き転がって
いたいんだ。みんな俺みたいだったら世の中は困るけど、たまには俺みたいなのがい
てもいいんだってそう思わないかい？」

　治兵衛は「思わない」とは言わなかった。

　かわりに仏頂面で、

「咲き転がるってなんなんだい」

　と聞いた。

「真面目に咲いてる花なんていないだろう。いや、いるのかな。花になったことはな
いからわからないが」

　彦三郎が不思議なことを言う。はるは不審そうな顔をしてしまっていたのだろう。

　彦三郎ははるを見て、ふわりと笑った。

「俺は、生きることには不要な余りもので、いたいんだ。よく考えてみたら、世の中
にはたくさんそういう余りもんがあるだろう？　なんなら料理の味だってそうだ」

「料理の味……ですか？」

いぶかしく思い問い返す。

「生きていくためだけなら必要なものを食べりゃあいいだけだ。美味しいとか、美味しくないとかは二の次だ。でも、美味しいものを食べたいって思う人がいて、作りたいっていう料理人がいて、そういうのがちゃんと仕事になってそこで銭がまわってる。それは楽しい。花もさ、食べられるわけじゃないし、生きていくには不要なもんだ。もちろん薬になる役に立つ花もあるけどね。でもなかには役に立つものだけじゃあなく、綺麗な花を見たいし、育てたいってそんな道楽をする人もいる。絵も、そうさ。いらないもんだけど、あると嬉しい。長屋の加代《かよ》さんの三味線《しゃみせん》も。俺は一生、そっちでいいや。真面目に遊んで、ぐうたらして、年に一日か二日はえいやっと本気になって……そうなりてぇなって」

さっきとはまた違う意味を声に乗せて「まったく、おまえは、そういうところが」と治兵衛が唸《うな》るようにしてつぶやいた。

これもまた「どう」であると言われなくても、治兵衛のぼやきは手に取るように伝わってくる。

彦三郎はどこまでもふわふわと頼りなく、益体のないことを話している。だというのにひどく真摯《しんし》な目をして語っている。

「じゃあ彦三郎さん、今日は真面目な一日ですか」

「不真面目な一日だよ」

「それでも、軍鶏鍋を食べたら、献立を紙に描いてくださいますか」

治兵衛の叱責がはじまる前にと、はるが言う。場が和むようなことを言いたかったが、真面目なはるには、みんなを笑わせる冗談口がうまく出てこない。

「もちろんさ。真面目に不真面目をやり通してやるよ」

「助かります」

「……助かるもんか。はるさんは彦三郎に甘いね」

治兵衛はそうぼやいたが、

「だってわたしは……少しわかったような気がしましたから」

とはるが真剣に応じると「あたしにはまったくわからないけどね」と首をやれやれというように左右に振った。

真面目に不真面目をやって咲き転がる。

すぐに頭では理解できていないのに、心ではちゃんとわかったようなそんな気がする。

少なくともはるは、口に入ってお腹を満たせばいいだけのものではなく、美味しいものを出したい。『なずな』を訪れる客たちにも「美味しいものを食べに来たんだ」と言って欲しいと願っている。「なんでもいいよ。食べられりゃあそれで」とは、言われたくない。

そのためにはるができることはなんだろう。

彦三郎に言われたことを考えるが、いますぐにはるに新しい思いつきが降ってくるようなものではなかった。一旦《いったん》、心のなかの飾り棚にぽんとその考えを置いておく。たまに眺めながら身体を動かしていたら、そのうちすとんとなにかが腑《ふ》に落ちることがあるだろう。

ひとまずは目の前のことをと、はるは思う。

丁寧に血合いを取った軍鶏の臓物と軍鶏の肉をひとくちの大きさに切りそろえ、ごぼうをささがきにして水にさらした。

しらたきは茹でこぼし、取り分けておく。ここまでしておけばあとは注文がきてから軍鶏出汁に醤油と酒で味をつけ、具をどっと入れた鍋で煮立てて仕上げればいい。胡椒《こしょう》をひとふりかけるのもいいし、七味唐辛子《とうがらし》を振る人もいる。なにも入れずにそのままかき込むのも乙なものだ。

竈にかけた小鍋で軍鶏肉に火が通るまで出汁で煮立てる。ごぼうに長葱、しらたきと椎茸に豆腐。最後に芹《せり》をぱっと散らす。茶色の具と汁のなかで緑が鮮やかだ。

くつくつと汁が煮える音がする。

「できましたよ」

軍鶏鍋を彦三郎の前に置いた火鉢に運んで蓋《ふた》を開けると、しょっぱい匂いが湯気に混じってふわりと立ち上る。肉と野菜が鍋のなかでふつふつと踊っている。

「こりゃあ、旨そうだ」

彦三郎がごくりと唾《つば》を飲み込んで、箸を手にした。

「お好みで胡椒をひとふりしてください。胡椒はお腹んなかの冷たい風を拭いとってくれるって聞いてます」

胡椒は南蛮渡来の香辛料だ。刺激の強い香りと味で、好き嫌いは分かれるが、獣の肉の臭み消しに重宝した。食べ過ぎると害があるとも言われるが、適度に食せば良い効能がある。

「炊きたてのご飯に塩と胡椒だけで味付けをして食べる胡椒ご飯も実は美味しいんですよ。子どものときに、身体がぽかぽかとあたたまるからって、薬だと思えって麦飯に胡椒をたんとかけて食べさせてもらったことがあるんです」

はるの説明を聞いて、彦三郎が軍鶏鍋に胡椒を振った。

箸で肉をつまんで頬張ると、

「たまらないね。軍鶏を丸ごと全部食べられるのが贅沢だ。こりこりとした食感もおもしろいよ」

おそらくそれは、砂ずりだろう。臓物も下処理をきちんとして煮込めば、美味しい鍋に仕上がるのだ。

噛みしめる度に軍鶏の肉汁がじゅわっと口のなかに広がる。軍鶏の出汁で煮込んだ葱は甘く、ごぼうは歯ごたえを残して仕上げてある。

「強い味のもんがどれもこれも喧嘩《けんか》しないで、まとまって、口んなかでからみあってる。こりゃあ、燗酒が欲しいね。頼んでもいいかい」

「銭を払うんなら、もちろんいいさ」

むっつりとしたまま治兵衛が応じる。

芹ときんかんをひょいっと口に放り込んだ彦三郎が満足げに目を細めるのを眺めながら、はるは鯖をおろして煮付けを作る。臭み消しにたっぷりの生姜を使い、砂糖と味醂と醤油と酒で味をつける。水は一切使わずに、焦げ付かないようにぴたりと竈に張り付いて、落とし蓋をして煮汁をかけまわして味をしみこませるのがはるのやり方だ。煮物は鍋からおろして冷めていくあいだに味がしみこむから、早めに作って、あとはただほうっておいて味を馴染ませる。

煮魚は大鍋で作っておいて、注文を受けてから身を崩さないように小鍋に取り分けてさっと煮立てて出せばいい。

少し考えてから、はるは米の鍋も竈に置いた。彦三郎は酒も飲むが、ご飯も食べる。早めに炊いておいてもいいだろう。

はるが手早く鰆の煮付けを作るのを見届けて、治兵衛が「そろそろ店を開けようか」と声をかけた。

「はい」

返事をし暖簾を外に出すと、治兵衛は立ち上がりちろりに酒を注いで燗にした。

その途端、待ちかねてでもいたようにすぐに客が暖簾をくぐる。

「やってるのかい」

「はい。やっております」

「この時間から開けててくれる店はありがたい。このへんで昼にやってる店は少ないからね。すぐにできるものはなんだい」

見世棚に並ぶ惣菜《そうざい》をちらっと見てから、客が尋ねる。

「今日は鰆の煮付けに軍鶏鍋があります。納豆汁も美味しいですよ」

「じゃあ納豆汁と、あとはそこの炒《い》り豆腐をおくれ」

「はい」

彦三郎にと用意して火にかけたご飯をそのまま出せば、ちょうどいい。

頭のなかで算段し、納豆汁をあたためてからすぐに、大きめの鍋で米を炊くことにした。治兵衛に説明されたところによれば、年の瀬の客は行き先が定まっていて、時間を惜しんでいるらしい。だったら、炊き上がったのをおひつに入れておいたほうがいい。炊けるのを待つくらいなら、冷めた飯のほうがいいに違いない。

常連の客たちには常に炊きたてのご飯を用意しようと心を砕いてきたはるにとって、今日のこのやり方は正反対であった。

でも、それもまた客ひとりひとりの顔を見るということでもあるのだと、ここにきて気づく。

とりわけ美味しい必要はない。座って、ちょっとあたたかい場所で休めて、短い時間で手早く食べたい。ご馳走を出すより、時間を縮めることのほうが喜んでもらえる。そういう客も世の中にはいるのだ。

ちろりの注文もなく、どの客も急いでご飯をかき込んで、ぱっと席を立って去っていく。

次々訪れる客の対応をしているうちにあっというまに時間が過ぎた。

いつもなら燗酒を片手にのんびり食事を楽しむ彦三郎だったが、さっと食べ終えて酒のおかわりも頼まない。おまけに食べ終えた小鍋を自分で洗い場へと片付けた。それだけじゃなくそこに溜まっていた茶碗《ちゃわん》もまとめて桶《おけ》に入れ、

「これ、一緒に洗ってくるよ」

と、戸を開けて外の水場へと運びだす。

「ありがとうございます」

はるの声を片手をひらりと振ることで受け流す。

そうして戻ってきた彦三郎は、今度は、おもむろにまっさらの紙を店の棚から取りだして今日の献立を描きはじめた。

紙も筆も墨もすべて、いつのまにか棚のひとすみにまとめて置くようになっていた。治兵衛は最初は「仕事道具を『なずな』に置きっぱなしにしているなんて」と憤っていたが、彦三郎は平気な顔で「だって俺は『なずな』の専属絵師だから。献立を描くときの紙と筆と墨はさ、ここに置いてあったほうが楽だろう」と笑っていた。

たしかに店のすべての献立は彦三郎に描いてもらったものである。

これがどれもこれも美味しそうに描いているし、名前のつけかたも独特でおもしろいものだった。はるには描けそうもない絵ばかりだ。それに、はるはひらがなはなんとか書けるし、漢字も食べ物に関する言葉だったら読めるのだけれど、自分で書くのは不得手なのだ。

遊び心、と、ふと思う。

色がない家のなかに色を入れろと言う彦三郎は、遊び心を持っている。

でも。

「彦三郎さんは」

案外、真面目なんじゃあないですか。

思いつき、続けようとした言葉を心に留めたのは彦三郎が「なんだい」と顔を上げたからだ。

へっついの横に子どもみたいに座り込み、墨を摺《す》る彦三郎をはるは見下ろした。まわりのひとを見ていないようで、きちんと見ている彦三郎は、邪魔になるような場所に陣取ったりはしないのである。そして小声のつぶやきを拾い上げて、問いかけるまなざしを投げてくるのだ。

「なんでもないです」

喉まで上がってきた言葉をぐっと呑み込む。

「うん」

あっというまに彦三郎は美味しそうな湯気の立つ軍鶏鍋をさらっと描き、のびやかな文字で『くつくつ軍鶏鍋』と献立を書いた。

続いて呻吟《しんぎん》してから描いたのは皿に盛り付けられた切り身の煮魚と、踊るように取り散らかった『甘いしょっぱい鰆の煮付け』の文字である。

「煮魚はなにを描いても煮魚になる。鰆だろうが鰤《ぶり》だろうが、おおざっぱにどれも煮魚で、魚の切り身に個性ってのは出せないもんだな。針生姜を載せるくらいが精一杯だ。俺の絵もまだまだだなあ。鰆はまだ皮の模様でわかるけど他の切り身は難しそうだ」

腕組みをし、落胆して絵を眺めている。不真面目に生きると言ってのけたわりには、絵については神妙で真面目な男なのである。それに黙っていても勝手に動いて手伝う気配りもできるのだ。

ほら、やっぱりとはるは思う。

根が真面目だからこそ「花のように咲き転がりたい」と心に決めているのではないだろうか。そして、根が真面目なのがたまに透けて見えるから、どれだけぐうたらであろうとも人に嫌われないのかもしれない。治兵衛が彦三郎をがみがみと叱りつけるのも、その人となりをかわいがっていることの現れだ。

そういうところがと、はるもまた治兵衛と同じ言葉を胸中だけでつぶやいた。

彦三郎は、そういうところが、ずるいのだ。

「いやいや、絵なんてどうでもいいんだよ」

治兵衛が彦三郎の呻吟をさっくりと切り捨てる。

「どうでもって」

絶句した。

「甘くてしょっぱいが伝われば、それでいいんだ。おまえ、他はどうであれ、言葉選びが巧みだねえ。茶色く味がしみこんだ切り身の様子も旨そうだ。彦三郎は料理の献立を描くのに向いているよ」

しかし治兵衛に真顔で褒められると、

「そうかい」

とすぐに笑顔になる。

「絵を褒めて欲しいんだけどな、治兵衛さん」

「絵はまだまだだ。もっと精進しないと立派な絵師にはなれないよ。だいたいおまえは案外とやればなんでもできるのに努力というのをしないから」

にべもなく切って捨てられた上に、小言がついてきて、彦三郎がしゅんとする。

そう言いながらも治兵衛はやけに満足げに目を細めて軍鶏鍋の絵を見ているので、はるはつい笑ってしまう。治兵衛ときたら本当に素直に褒めることができないのだ。

彦三郎も治兵衛の質はわかっているせいか、めげずに立ち上がって「ここに貼《は》るんでいいかい」と献立を壁に掲げた。

「ああ」

治兵衛がうなずく。

「彦三郎さん、ありがとう」

と言いながら、はるは鍋のなかにある鰆の切り身を数える。煮付けは好評であと三つで売り切れだ。こんなことならもっと鰆を仕入れておくべきだった。納豆汁も大鍋にたくさん作ったのにそろそろ底が見えてきている。二回目の納豆汁を作っておいたほうがいいかもしれない。出汁はたっぷりと取ってあるし納豆も鶏もあるから刻めばいいだけだ。

一方、軍鶏鍋の具はたっぷりと残っている。

どれもこれも治兵衛が言ったとおりだった。

樽《たる》を腰かけがわりにして座り、ちろりの加減を見ている治兵衛を横目で眺める。さすが年の功だと、はるは思う。商売の勘所なんて、はるにはちっともわからない。はるはずっと料理を食べてくれる客の顔は見てきたが、客足の様子を見ようとしたことはなかったのである。

自分の至らなさを顧みて、ふうっと小さな息が零れたそのとき――がらりと勢いよく戸が開いた。

「いらっしゃいませ」

顔を上げると、入ってきたのは八兵衛《はちべえ》だった。四角い顔にどんぐり眼《まなこ》の八兵衛は『なずな』の馴染みの客である。

「雪だよ、雪」

今日はみんな、同じ言葉と共に寒そうにして店に来る。

八兵衛の紺色の縞の着物の肩に、大粒の雪がひとひら張りついていた。入りしな、八兵衛はさっと手で肩先を払う。濡《ぬ》れた布地の、そこだけ色が濃くなっている。カンカンと音をさせて下駄の歯に貼りついた雪を床に落としながら、

「あったまるもんを頼むよ。まずは熱燗できゅっと一杯」

とせわしなく床几を引き寄せてさっと座った。

八兵衛は同心に使われている岡《おか》っ引《ぴ》きだが、本業は煙管《きせる》のヤニを掃除する羅宇屋《らうや》だ。今日の八兵衛は羅宇屋の商売道具を詰めた箱を背負っていないから、岡っ引きの仕事の途中なのかもしれない。

「はいよ」

応じたのは治兵衛である。

「治兵衛さん今日もこっちにいるのかい。中野屋《なかのや》は人手が足りなくて大変だって聞いてるぜ」

中野屋は創業百年の薬種問屋だ。御薬園《おやくえん》の下げ渡しを扱っている老舗《しにせ》の店である。もともと治兵衛は中野屋の店主であった。いまは治兵衛は隠居をし『なずな』の主《あるじ》だ。中野屋を継いだのは、長男の長一郎《ちょういちろう》と聞いている。

「あたしが年の瀬にどこにいようがあたしの勝手さ。隠居した爺の手まで借りたがるような店じゃあないよ」

「でも今朝方、店を出るのに長一郎さんと喧嘩してきたんだって聞いたぜ」

「どこでそんな話を」

治兵衛の眉間のしわが深くなる。

「あんたとこの丁稚《でっち》で最近入ったのがいただろう。あれがさ、ほら……いろいろと教えてくれたってわけよ。あんたがこっちにいると、面倒な話になってんだろう？　長一郎さんとはご飯も一緒に食べてないっていうじゃないか。治兵衛さんは、素直じゃあないにもほどがあるから」

八兵衛がちらりとはるを見て口をにごす。

「まあ、なんだ。ちっとここでは言いづらいが、あるだろう。噂がさ」

どんな噂だろうと、はるは首を傾げる。どちらにしろあまりいい話ではないような気がする。

治兵衛が地獄の閻魔《えんま》さまもかくやというような凶悪な顔で八兵衛を睨みつける。

「くだらない噂を信じるとか言うんじゃあなかろうね」

八兵衛は辟易《へきえき》したように口を曲げ、天を仰いだ。

「信じるはずはねぇけどよ。あんたの立場ってもんがあるだろうって心配しただけなのに。いや、もういいよ。わかった。やめる。そろそろ飯の注文をしないとな」

と八兵衛は壁に貼られた献立に首を巡らせ、あからさまに話題を変えた。

「鰆は旬だね。あとは、軍鶏鍋……か。鍋か。そうだ。鍋だよな、雪の日なんだから鍋に決まってる」

「はい。軍鶏鍋ですね。鰆はどうしますか？」

「鍋をついてから考えることにすらぁ。ぬか漬けときんぴらで、まずは一杯。ここのきんぴらは旨いからなあ。よそのやつよりこってりしてる」

「はい。作り方がよそとは違うようです。わたしはこのやり方しか知らないんですけど」

はるのきんぴらごぼうは油を使う。しかし、よそではごぼうを唐辛子と共に煮込んでから一回天日にさらして干すのだと最近知って、驚いた。干したものを酒に漬けこんでからあらためて煮て味を整えるらしい。それはそれで美味しいきんぴらごぼうになるが、なにせ手間がかかっている。はるの作り方だと、ささがきごぼうと人参《にんじん》を炒《いた》めてから甘辛く味つけして唐辛子を入れるだけだから手早くできる。そして油を使ったぶん、こっくりとしている。

「よそのやり方でもそのうち作ってみようと思っているんですが、ちゃんと教わらないとわからなくって」

「このままでもいいけどね。ここでしか食べられない味なんだからさ」

いつも食べてくれている八兵衛のその言葉は、はるの心に甘辛くしみこんでいく。ここでしか食べられない味で、美味しくて、だから通って食べてくれているという意味だから。

「そうですか。そうだったら嬉しいです」

はるは見世棚のきんぴらを皿に盛り、ぬか漬けの大根を切ったものと一緒に八兵衛の前に並べ火鉢を小上がりに置く。

八兵衛のための軍鶏鍋の用意をし、くつくつと煮込みながら「やっと軍鶏鍋を食べてもらえた」と心のなかでそっとつぶやく。彦三郎しか注文をしてくれないのがずっと気になっていたのだ。

火をおこした七輪を用意し、その上に載せる。

ひとりの客が首をのばして軍鶏鍋を覗《のぞ》き込んでいるのが見えた。

「旨そうだなあ」

という初見の客のつぶやきも聞こえた。

けれど、ふたりとも軍鶏鍋を頼むことなく納豆汁とご飯をかき込んでさっと店の外へと出ていってしまった、
出入りする客たちはみんなこの後の行き先が定まっているようである。さっと飯をかき込んで、食べ終えるとすぐにまた寒い外へと出ていくのだ。常連の客たちでさえ慌ただしくご飯を食べては、去って行く。

ひっきりなしに客たちが入れ替わるものだから、はるはてんてこ舞いである。治兵

衛が膳を運ぶのを手伝ってくれて、彦三郎はひたすら汚れた椀を洗って、拭いて、重ねてくれる。

そうやって時が過ぎ、八兵衛以外の客が去り、店のなかが静かになった。

またすぐに夕飯を求めて新たな客の波がくる。この隙間《すきま》に汚れた食器を洗っておこうと、はるは慌ただしく長屋の洗い場と店とを行き来する。彦三郎が合間合間に洗い物を手伝ってくれていたから、茶碗も鍋もそこまで溜まってはいなかった。

別な大鍋に納豆汁を作って夜の仕込みもすませたい。

八兵衛はひとしきり軍鶏鍋をつついたあとでしめに炊きたてのご飯を食べて、

「ああ、飲んだし喰《く》った。また明日。明日はなにを喰わせてくれるのか楽しみだよ」

とはるに声をかけて店を出た。

夜もまた、そんなふうに次々と客がやって来た。きんぴらや鰆の煮付けもすべて売り切れでいつもより早めに店を閉めることになった。

ここまで目が回るほど忙しい一日は、はるが『なずな』に来てはじめてのことであった。いままでだったらどれだけ客が来ても、食べている人たちの表情に目配りできるだけの余裕があった。が、今日の昼はまだしも、夕方から夜にかけては、はるはご飯を炊いて納豆汁をよそい、お膳を出すので精一杯だった。

暖簾を取り込んで店の内側にそっと置く。

疲れて身体がぐったりと重い。

空になった納豆汁の鍋を治兵衛が眺め「上出来だねえ」とほくそ笑んだ。

「そうですね」

はるは洗い場に鍋を運びながら治兵衛の言葉に同意した。

けれど、たくさんの人に料理を食べてもらったのに、はるはずいぶんと冷静だった。はじめて自分の料理でお金をいただいたときの手のひらに感じた重みや喜び。閑古鳥だった『なずな』に常連客たちが戻ってきて、みんなでつついて食べた鍋の湯気がふわふわと店のなかを漂っていたときのあたたかい気持ち。そのときの浮き立つような心持ちと、今日の気持ちは、どこかが違う。

『なずな』をもっと繁盛できる店にしたいのだと思って料理を作っていた、はるである。

ならば、浮かれてもいいはずなのに、どうしてだろう。

「毎日これだけ人が来たら、もうひとり人を雇うしかなくなるし、献立も考え直さないとならないね。いろんなものを少しずつ、美味しく選んでもらうみたいな商売は成り立たなくなるよ」

治兵衛が思案げに顎《あご》を撫でる。

「はい」

「明日を抜けたら正月元日は店は休みだ。その日に、直二郎が残した台帳をじっくり眺めて考えるといい。月によって波があるはずだ。あたしじゃあ仕入れたものだけを見たところで、どんな料理を出していたかまでは読み取れないが、はるさんにならできるだろう。ゆっくりとどういう店にしたいのかを考えていけばいい。どんな客に来て欲しいかってのも大切だけどさ、どんな客には来て欲しくないかってのも考えて料理を作るといい」

「来て欲しくないお客さまなんていませんよ?」

「そう思うなら、それでいいさ」

またもや治兵衛は謎かけみたいなことを言う。

ゆっくりとでいいんだ。ゆっくりと。

いかめしい顔でそう語る治兵衛の声は、けれどどこまでも優しいものなのであった。

片付けを終え、治兵衛も彦三郎も帰っていった。

残ったはるは、桶と手拭いとを抱えて湯屋《ゆや》へと向かう。花川戸の湯屋は夜五つ（午後八時）には閉めてしまう。ここのところは、洗い物をしたり片付けたりしているうちにふと気づけばその時間を過ぎてしまい、なかなか湯屋にいくことができないでいた。とはいえもともと湯を使う贅沢な生活とは縁遠く、夏も冬も、汲《く》んできた井戸水で濡らした手拭いでざっと全身を拭くことでよしとする生活だったから、特につらくはないのだけれど。

それでもここまで寒い一日を終えた日は、湯のなかに身体を沈めて、芯《しん》まで溜まったような凍えを溶かしたいと思う。

積もった雪が下駄の歯に張り付いて歩きづらい。転ばないように気を配りながら片手に提灯《ちょうちん》をぶら下げ、進んでいく。

今日は一日、雪が降ったりやんだりだ。

見上げた空には月がなく、暗い。黒く蓋をするかのようにのしかかる雲から、雪だけがはらはらと舞い落ちて、はるの髪や肩にまといつく。

広小路はまだまだ人で賑わって、客を呼び止める声も大きいが、脇道に入るとすれ違う人もまばらだ。

「おお……寒い」

ぶるっと震え急ぎ足で湯屋に向かう道すがら、はるは今日あった出来事を思い返す。

「治兵衛さんは商いのことを教えてくださる。それでわたしはどうしたいんだろう。『なずな』をどんなお店にしたいんだろう」

繁盛して、美味しい料理を出せる店。

漠然《ばくぜん》と思っていたはるの夢は輪郭だけで、世の中を知らない子どもが思い描く類《たぐい》のぼんやりとしたものであった。大人たちから見れば、微笑ましくて、危なっかしくて、困り顔になって聞くしかない話であったのだ。治兵衛はそんな頼りないはるのことを心配し、商いについて教えてやろうと思ってくれたのだ。

「きんぴらごぼうも納豆汁も他とは違う作り方をしているのに美味しいからってみんなが食べてくれる。でも鶏湯漬けは時期を見て出したほうがいいって言われる。試しに食べてみようとすら、してもらえなかった」

独白を漏らすはるの肩がしゅんとして落ちる。

「献立の名前を見ただけで、どんなものだかわかるような料理じゃあないとだめっていうことかしら」

客がたくさん来ているときは、その理由を知ろうとしなければならないことを今日は治兵衛に教わった。

なにを求めて暖簾をくぐってくれたのかを理解して、それに合わせた料理を作れるようにならなくては。

「あと……どんな客には来て欲しくないかを考えろって」

それについてはまったくわからないし、思いつきそうもない。お金を払わない客に来られても困るけれど、きっとそれは客とは言わない。そして治兵衛は、そんなことを聞きたいわけではないはずだ。

「これは……宿題なのかな。いますぐ答えがでてこない」

いくつも宿題を治兵衛に渡されて、先のことを考えるいまはずいぶんと幸せだと、ふと思う。

自分はこの先、どこまで進んでいきたいのか。

どんな気構えを持って『なずな』をやっていくつもりなのか。

「少なくとも明日は、店の仕舞いの時間の前に出せるものがなくなるなんて不細工なことにはならないように、朝にしっかり仕込みたい」

考えなければならないことは多いのに、はるが思い浮かぶのはそんなすぐ目先のことだけなのだった。遠い未来まで計画だてて思うことはできず、いまの足下と、その少し先くらいまでしか見えないでいる。

提灯が照らす道を見つめ、ふうっと息を吐く。

まだまだ、だ。こんな日は未熟な自分が嫌になるけれど、嫌だからといって自分自身を投げ出すことはできやしない。

そのとき、うつむいて歩くはるの目の端に、明るい色が映り込んだ。

空にない月のかわりのような丸く小さな黄色が、道ばたで、はるの提灯の明かりを受けて鮮やかに光って見えた。

はっとしてそちらへと顔を向けると、ぼてふりが天秤棒《てんびんぼう》を置いてしゃがみ込んでいる。

その前には鉢植えが、ふたつ。

花びらを閉じた福寿草の鉢だった。

鉢の上に月がぽかりと浮かんだかのような黄色い花が闇夜に明るい。

「福告ぐ草だよ。福寿草、いらんかえ」

細い声が夜道に響く。

「姉さん」

と呼びかけられて、はるはあたりをきょろきょろと見回した。

「あんただよ、あんた。姉さん。あんたお気楽長屋の人だろう。今朝あんたんとこにいったときはさ、花じゃあなく魚や野菜の仕入れが先だからって断ってたけど、そうやって立ち止まって福寿草を見るってことはあんた福寿草が欲しいんだよ。ねぇ、そうだろう」

早口で話しかけてくる女性は、言われてみれば今朝の福寿草のぼてふりである。

寒いのだろう。立ち上がった彼女は両手を擦りあわせてしきりに足踏みをしている。疲れた顔で唇も青ざめている。

「そうだと思ったんだ。だって、いらないって言いながら、名残惜しそうにして見ていたからさ。これ、残りもんだからさ。負けとくよ。持って帰りなよ」

珍種の福寿草はこの時期は二朱を超えるものもあるらしいが、ぼてふりが天秤を下げて町内に売り歩くのはさすがにそこまで高価ではない。とはいえ朝に聞いたときは二十四文と、蕎麦《そば》一杯よりも高い値段だった。

「負けておくって……いくらなんですか」

おそるおそる尋ねてみる。

「九文でどうだい」

「え」

提示された値段は朝に持ってきたときの半分以下だ。

「そんなに値を下げていいんですか」

「いいんだよ。大晦日《おおみそか》に正月飾りを買い込んでの一夜飾りは縁起が悪いから、今夜を逃したら、もう売れないからね。姉さんが買ってくれないなら、またよそにいく。ひとつだけ残ったんなら、自分の家に福が残ったってうちに飾るんでもいいけどさあ、ふたつはいらないのさ。どうだい？　買ってくれないかい？　なんならひとつ買ってくれたら、もうひとつのほうもおまけでつけてやるから」

「おまけって」

正月飾りにまつわるものは、大晦日前の夜に売り切ってしまいたい。期限があるから、ぼてふりも必死である。

どんなものにでも売り時というのがあるのだと、しみじみと思う。料理だけではなく、花もそうなのだ。

ためらうはるの目は、けれど福寿草に釘付《くぎづ》けだった。土にしっかりと根を張って、地表を照らす月と星みたいにいくつもの花を寄り添わせている。派手な花ではないけなげに小さく咲く優しい花だ。

「ほら」

ぼてふりが鉢を手にしてはるへと押しつける。その指はあかぎれだらけで痛そうだ。はると同じ手だ。洗い物をすると水が沁みて血が滲《にじ》む。そういう暮らしのなかで彼女は花を売っている。

それまでは買うか買わないかは半分半分というところだった。が、彼女の手を見てはるの気持ちは「買う」に一気に傾いでいった。みんながそれぞれに必死に真面目に働いている世の中を明るく照らす、なんの役にも立たない花というものが欲しくなった。彼女の手から買いたくなった。

湯屋が十文。湯屋にいくのをやめればそのぶんで福寿草が買える。

「じゃあひとつもらおうかしら」

「ひとつといわずふたつ持ってっておくれ」

「え……でも十八文も払えない……ごめんなさい」

「だから、おまけだよ。どうせ投げ売りになるんだ。ここで荷を空にしたらあたしも病気で寝込んでるおとっつぁんと弟が待ってる長屋にとっとと帰れるのさ。人助けだと思ってよ」

そう言ったのと同時に、ぼてふりのお腹がくぅっと鳴った。空腹を知らせる腹の音に、はるは目を瞬かせる。

彼女はぷっと噴きだして、

「昼を食べる暇なくあちこち売り歩いて一日過ごしたんだ。そろそろ帰ってなんか食べさせておくれよ。なあ、頼む。この通り」

とうとうはるを拝みはじめた。

丸い顔に丸い目をして、笑うと右の頰《ほお》にえくぼが浮かぶ。間近で見てやっと、彼女がおそらくはると同じくらいかもっと若いことに気がついた。

「あの、うちは『なずな』っていう一膳飯屋をやっていて……」

「知ってるよ」

「それで、今日は、店で出した鰆のあらを残しといて煮こごりを作ってあるんです。今日と明日のわたしのご飯です。冷えたご飯に汁ごとかけてざーっとかき込んで食べるんです。ただ、ひとりで食べるには多い量でどうしようかと思ってて。ほら、汁かけ飯は店で出すような献立じゃあないし。よかったら、それを少し持っていってくれませんか」

「え」

「二鉢ぶんを払える余裕はまだないんです。でも、おまけしてもらうには気が引けるから。だから、まかない飯でお支払いさせてください。そうしてくれるなら」

「ありがたい話だね。そうと決まればあんたんとこまでついていく。のんびりしてらんないよ。いつ気が変わるか油断ならない。急いで帰るよ」

ぼてふりは天秤に鉢植えを載せひょいと担いだ。はるより先に『なずな』への道をとって返す。慌ててはるはぼてふりを追いかけて小走りになった。

「待ってください。ちょっと、お姉さん。気が変わったりなんてしないから。待って、わたし、お姉さんほど身軽じゃあないんで、その速さだとわたしが転んじまう」

笑って振り返るぼてふりは「あたしは、みちっていうんだ」とそう言った。

「おみちさん……。わたしは、はるって言うんです」

「知ってるよ」

小柄だけれどしっかりしたみちの背中を追いかけるはるの胸元で、手拭いの入った桶がかたかたと鳴っていた。

提灯で足下を照らすはるの目の前の天秤で、黄色い花が揺れている。

空の月はないけれど、鉢の上に寄り添って花びらを閉じた福寿草が月と星のかわりに咲き転がって、美しく光に満ちているような、そんな気になる夜であった。

第二章　七輪を囲む笑顔の梅磯辺餅

はじめて『なずな』で迎える元旦《がんたん》である。

働きづめでくたくたになって眠りについたはるが目覚めると、昨日までの喧噪《けんそう》が嘘《うそ》のように町はしんと静まりかえっていた。

今日はどの店もお休みだ。

二階の障子戸《しょうじど》をからりと開ける。空はすっきりと晴れ、日が金色に空を染め上げていた。

大川の水面《みなも》から白い霧が風に流れて、そんな朝焼けの風景すべてを柔らかい色に溶かし込んでいる。靄《もや》がかった川面《かわも》を行き来する舟は黒い影となってゆらゆらと揺れ、空の明るさと川面に漂う霧の色が入り交じり、見ていると、夢のただなかに紛れ込んだかのような心地にとらわれる。

起きているのに、まだ身体《からだ》の奥でまどろんでいる途中のような奇妙な気持ちに戸惑いながら、

「霧があるけれど、綺麗《きれい》な初日の出が見られたのかしら」

とつぶやいた。

深川《ふかがわ》の堤防まで歩いて初日の出を見にいかないかと、昨夜、与七に誘われた。彦三郎や八兵衛も一緒にふらふらと夜のうちに歩いて堤防でご来光を待つのだと言っていた。心惹《ひ》かれないわけではなかったが、それより他にやりたいことがはるにはあった。

店を開けないからこそできること。新しい料理を試しに作ってみたいのだ。そのために鶏《とり》を残しておいた。

だから「帰ってきたら、美味《おい》しいご飯作ってるから、店に寄ってくださいね」と与七にそう伝えて送り出したのである。

与七たち以外にも食べてくれる当てはある。年末に知り合った、ぼてふりのみちも「食べるだけでいいなら、いくらでも食べる」と言ってくれた。

みちは五年前に母に先立たれ、病で寝込んだ父親と年の離れた弟を女手ひとつで食べさせているのだそうだ。年の瀬に身の上話を聞いたとき、早くに母を亡くして父と兄と過ごしてきた自分の日々と、みちの境遇が重なって、つい話し込んでしまったはるである。はるも母を早くに亡くし、父と兄とで暮らしてきた。父を亡くした後は、兄と離れて預けられた親戚《しんせき》の家で、幼い甥《おい》っ子を背負って畑仕事をしていた。

みちの早口の語りに、はるが「まだ若いのにずっと苦労をしてきたんだね。えらいねえ」とじわりと涙を浮かべて応じたら、みちはみちで「あんただってずいぶんと苦労してるじゃないか。ごめんよ。あたしはあんたは、てっきり、治兵衛さんに囲われて店をやってるんだとばかり思っててさ。そのうえで与七さんにも色目を使うなんて、太い女だと思い込んじまったんだ」と仰天するようなことを打ち明けた。

そんな誤解をされているなんて、まったく思っていなかったはるである。

しかもみちはぺろりと舌を出し「そういう女なら福寿草《ふくじゅそう》くらいいくらでも買ってくれると見込んで売りにいったのに、あんたが渋い顔して財布を開かないもんだから、ここを出てすぐに心んなかであんたのことさんざんののしってたのさ。悪かったね。与七さんがあんたんことを妙に褒《ほ》めちぎるもんだからさあ、あたしは、つい」と謝罪した。

なにかというと唐突に出てくる与七の名前に「与七さんと仲がいいのね。あの人はわたしがここに来たときにも最初に声をかけてくれて、とても親切ないい人だよね」と言ったら、みちが険しい顔つきになり「やっぱり、あんたも与七さんのことが」と言ったので、鈍いはるでもみちの気持ちに気づいてしまった。

そこから先は女同士の語り合いだ。

気づいたら「おみっちゃん」「はるちゃん」と互いを呼び合うことになっていた。

最後のほうはみちがはるの背中をばしばしと何度も叩《たた》いて「そんなんじゃないんだよ。だってさ、こんな寝込んだ父親とちっちゃい弟つきの女にとっちゃあ、与七さんは高望みだよ。あたしはほら、ご面相だってこんなだしさ。ただ、あたしは勝手に好きになってるだけさ。あの人は、なんたって正直で優しい人だから」と頰《ほお》を赤くしてうつむいたのだ。気になるのはみちと与七の互いの年の差くらいだが、みちは十五歳も年上の与七の頼れそうなところが好ましいと小声で告げた。

はるはすぐにみちの手を取って「応援するわよ、おみっちゃん」と意気込んだ。

だって照れた顔をしてくちごもるみちは、あまりにも愛らしかったし、誰《だれ》だって応援したくなる。

だからはるは「まず、元旦にご飯を食べにきてちょうだい。銭はいただかないわ。与七さんにもそう伝えとくから、絶対に来てね」とみちに念を押したのだ。

そう——今日、食べにきてくれるみんなからは、銭はもらわない。はるが欲しいのは正直な感想だけである。

そのうえで、はるにできる限りの工夫を重ね、治兵衛に「美味しい」と言ってもらえるものにしたいのだ。

治兵衛が美味しいと言ってくれたら『なずな』に出せる。

きっとお客さんたちの口と心に美味しさが届く。

「おみっちゃんはめっぽう早起きで、元旦だとしてもいの一番にここに来てくれるかもしれないわ。与七さんと彦三郎さんも、寒い寒いと言いながら深川から帰ってくるだろうし……だったら、あたたかいものを作りましょう」

日の出を見てから、みんなで身体を縮こめながらも意気揚々と行った道を戻ってくるのだと聞いている。与七曰《いわ》く「初日の出は特別」なのだそうだ。どれほど凍えようとも、縁起物だから見ないよりは見たほうがいいと力説していた。「どんなものでも初物が一等いいんだ。今日の朝は、日の出の初物なんだ」と言われ「そこまで初物が大切なのですね」と感心したはるに、与七には「当たり前だろ。初物なんだから」と胸を張って返してきた。

とにかく江戸のみんなは初物とお祭り騒ぎが大好きなのである。

「鶏湯漬けを試すのは決まってるけど、それ以外にもうひとつくらいあったかいものが欲しいわね。鶏湯漬けは炊《た》きたてのご飯じゃなくてもすぐ作れるし、ちょっと変わっているけど美味しいものだからきっと気に入ってもらえるとは思うんだけど……」

いま一度ひとりごちて立ち上がる。

「鶏は他にどうやって食べてもらえるものなのかしら。焼いたり揚げたりした鶏も美味しいけど、今日みたいにいつ来るか、何人来るかがわかってるならまだしも、店で出すなら冷えてしまうし手間になる。治兵衛さんの眉間《みけん》にしわが寄っちゃうようなものは出したくない」

部屋の箪笥《たんす》の上に飾った福寿草の黄色が目に飛び込んでくる。

年末にみちから買った二鉢あるうちのひとつは二階、もうひとつは一階の店に飾ることにした。

日が暮れると共に眠りにつくように花を閉じた福寿草は、まだ少し寝ぼけているのか花びらをきゅっとすぼめたままだった。日差しを浴びるとすうっと花びらを開き、規則正しくお日様と共にすごす花である。その様子が妙にけなげに感じられ、側《そば》に寄って尖《とが》った形の葉に触れる。

けれど、福寿草は、根や葉には毒があるから食べられない。

どんな花を見ても、咄嗟《とっさ》に「食べられる」か「食べられない」かが頭に浮かぶのは、はるの生い立ちのせいだ。

山道を歩き、野の花を眺め「あれは食べられる」「こっちは毒だ」と、はると寅吉に教えてくれた父の声が脳裏を過《よ》ぎる。

福寿草の黄色い花を見て、料理について逡巡《しゅんじゅん》していた思考が、一瞬、途切れる。

「食べられない花を買う日がくるなんて、思ったこと、なかったなあ」

ぽつりと、声が漏れた。

買ったときには月や星のような花だと思ったが、手元に置いて昼に眺めればむしろ小さなお日様に似ている。顔を近づけるとかすかに春の香りがする。

食べられはしないが、綺麗なものはやはり綺麗であった。そして綺麗なものが側にある生活は、たしかにひどく楽しいものだ。

福寿草の花を眺めながら、はるは、自分はどこまでいっても愚直に努力をするしか術《すべ》はないが、それでも今年はもう少し、遊び心や余裕も求めようと胸に誓った。江戸っこの好きな初物やお祭り騒ぎに興じてみるのもいいかもしれない。

とはいえ、新年だからとそんな抱負を持ってしまうところがやっぱり自分は野暮で真面目《まじめ》でそこから足を踏みだせないのだと、少しだけ気落ちもするのであった。

朝の支度を整えて、襷《たすき》がけをして袖《そで》をまとめると、井戸から若水を汲《く》みだして、新年のために新調した瓶《かめ》へと入れる。

神棚に新しい水とお酒を杯に注《つ》いで供えた。

それからいつものように昆布《こんぶ》と鰹節《かつおぶし》で出汁《だし》をとる。今日訪れてくれる誰かが、餅《もち》をお雑煮で食べたいと言ったら、澄まし汁で出そう。

「あ……鶏の湯漬けは湯じゃなくて出汁で食べていたのかも」

口に入れた瞬間にがつんと喉《のど》に沁《し》みるような強い味がしたから、あれはただの湯ではなかったかもしれない。父はいつも出汁を丁寧にとってくれていたから、きっと湯漬けにも出汁を使っていたはずだ。

「この出汁は湯漬けにも使うことにしよう……」

その傍らで七輪《しちりん》に火をおこし、網を載せて餅を焼く。新年の餅は、はるひとりでは食べきれないくらいたくさんある。大家の源吉《げんきち》一家が長屋のみんなにふるまってくれたうえに、治兵衛が家から持ってきてくれたのだ。

網の上で餅がぷうっと膨らみ、香ばしい匂《にお》いが漂ってくる。焼きすぎないようにとひっくり返して、網の端へと寄せてから、海苔《のり》を巻いて醬油《しょうゆ》を垂らし、磯辺《いそべ》餅にしてがぶりと齧《かじ》る。

「あちっ」

舌先が火傷《やけど》した。

「でも、美味しい」

海苔の香りが口のなかいっぱいに広がって、嚙《か》み締めると醬油の味と米の甘みが混じりあう。海苔に包まれた餅が、手と口のあいだで長くのびる。のびていく白い餅の見た目もまた目へのご馳走《ちそう》だ。餅というのはつくづく美味しくて不思議な食べ物だ。

少し焦げた餅の香りが食欲に拍車をかける。

ひとつだけでいいと思っていたのに、はるは自然と、二個目の餅を網に載せてしまった。

もちもちした嚙み心地と舌触りは、他にはない味だとしみじみ思う。煮てもよし、焼いてもよし。

「そうだ。こないだまた新しい梅干しを買ってきたんだ。あれも試しに使ってみよう」

江戸にあがるときに壺《つぼ》に入れて持参した梅干しは、ずいぶんと残り少なくなってしまった。このぶんでは今年早々に梅干しは尽きてしまいそうだ。時期になって新たに梅をつけても、食べられるようになるのは短くてもふた月を経てからだ。

だからよそで梅干しを買ってきた。その梅干しの味を試してみようと思ったのだ。

海苔の上に、種を取って叩いた梅干しをぺたりと広げる。

焼けた餅をその上にそっと寝かせ、くるりと巻いてから、醤油をひと垂らしする。

どんなものかと頬張ってみると、香ばしさと磯の香りに梅干しの酸味が加わって、ふだんの磯辺餅とはまた味が違って美味しくなった。

「ん……これは」

想像していたより上出来の変わり餅になった。

餅を焼いてくれという客もはたして『なずな』に来るだろうか。家で焼いて食べればいいだけだから、一膳飯屋《いちぜんめしや》で出しても注文はされないかもしれない。が、今日の客は『試し』をしてもらうために呼んだ客だ。

元旦だし、銭を取らないとあらかじめ告げているし、餅があるなら餅も焼いてくれと言うかもしれない。

その後はご飯を炊いておにぎりを握り、花川戸の地蔵さまにお供えをしてきてから、竈《かまど》に立つ。

のんびりはしていられない。

鶏湯漬けは、茹《ゆ》でた鶏の肉が肝である。まず、鶏肉の仕込みをしておかないとならないのだ。

さばいて黄色い脂肪を取り除いた鶏の胸肉を手のひらくらいの大きさに切っていく。肉の大きさが揃《そろ》っているほうが、茹であがりがむらにならないから慎重に包丁を入れていく。さっと酒を振って揉《も》み込んで、生姜《しょうが》の絞り汁も肉になじませる。

幼い日々の記憶のなかの鶏湯漬けの味はまだ、はるのなかでぼんやりとしている。夢のなかで食べた料理とどこかが似ている。共に食べた父や兄の様子はまざまざと思いだせるのに、料理そのものの輪郭は定かではなく、ただ、あたたかく、美味しかったというそれしかおぼろに浮かんでこない。舌と胃袋に残っている味の印象を頼りに、こうだったかもしれない、ああだったかもしれないとひとつひとつ作っていくしか術がない。

それが楽しいと、はるは思う。

同時に、もう二度と戻ってこない過去のなかにある味に、名付けようのない切なさが胸の隙間《すきま》をひゅっと過ぎる。

同じものを作ったとしても、あのときに一緒に食べていた父はもうここにはいない。兄もどこにいるのかわからない。戻ることのできない日々の記憶がしみついた美味しい料理は、喜びと共に寂しさもはるの胸に運び込む。

そのとき、かたりと音をさせて戸が開き、みちが顔を覗《のぞ》かせた。

「おめでとうございます。おはようさんです。ご飯を食べさせてくれるって聞いたから、弟も連れてきた。いいかい」

みちの着物の裾《すそ》をぎゅっと握りしめ、小柄な男の子が隠れるようにして土間に立っている。

年の離れた弟の弥助《やすけ》である。やっと八歳になったばかりだと聞いている。

「ほら、挨拶《あいさつ》しな」

みちがぐっと弟を押しだすと、照れた顔で「おめでとうございます」と小声で言った。

みちによく似た、くるんと丸い目をした利発そうな子どもである。頭の上で髪をまとめた丸い顔。丈の長い黄色の着物を腰のあたりで紐《ひも》で結わえて、なんとか短くまとめて着付けている。着物はおそらく、みちのお古だ。

村で面倒をみていた甥っ子を思いだし、はるの胸の奥がきゅっと小さくきしんだ。

「入って入って。そこは寒いでしょう。火鉢の側に寄って、座って」

はるは弥助の手を取ってなかへと招き入れた。みちはきょろきょろと店のなかを見回して「……まだ誰もいないんだね」と小声で言う。

「与七さんや彦三郎さんは初日の出を見にいってるの。そろそろ戻ってくる頃《ころ》だと思うわ。おみっちゃんも弥助ちゃんも生姜は大丈夫？　あれは好き嫌いのある食べ物だけど身体をあたためてくれるから」

弥助は、まず、みちを見てから、はるへと顔を向け、こくりとうなずく。

はるは、手を炙《あぶ》るみちと弥助に砂糖を溶いた生姜湯を差しだした。

「遠慮なく、いただくよ」

最初にみちが湯飲みに口をつけた。

「甘いね。ぴりっとしてるね。美味しいね。あったまるね」

と湯飲みで手をあたためながら、少しずつ飲んでいく。それを見た弥助がみちに倣《なら》うようにして湯飲みに口をつけ、一口飲んで、目を大きく見開いた。

「甘い」

「美味しい？」

「うんっ」

大きな声の返事に、はるの頬がふわりと緩む。

食べさせ甲斐《がい》のある子だ。自分より小さな子に、美味しいと言ってもらえると、気持ちがいい。嬉《うれ》しくて、はるは前のめりになって弥助に聞いた。

「お餅は好き？　梅干しは？　今日、わたしはお餅の美味しい食べ方を思いついたのよ。梅干しと海苔で巻いて食べるの」

「餅は好き。でも梅干しは酸っぱいから」

寒さで頬を赤くさせ、恥ずかしいのか身体をもじもじと揺らしながら答える様子が愛らしい。

「じゃあ、普通の磯辺焼きにしましょうか。それとも、きなこ餅がいいかしら。餡子《あんこ》は作ってないの、ごめんね」

「きなこがいいっ」

勢いよくそう言われ、はるは自分が使っていた七輪の網に餅を載せた。一個、二個と置いたところで、弥助がはるを窺《うかが》うようにして見つめているので、さらにもうひとつ餅を増やす。それでもまだ見ているから、またひとつ。載せるたびに弥助の笑顔が大きく広がっていくので、もっと餅を増やしたくなったが、他にも食べて欲しいものがあるから餅だけで腹いっぱいにさせてはならないのだ。

「ちょっと貸してよ。弥助はこれで餅の焼き加減にはうるさいんだよ。めったに食べられないもんだからさ、大事に焼きたいのさ。あたしに餅の面倒みさせてよ。あんたは他に作るもんがあるんだろ。言ってたじゃないか。珍しいもんを作ってくれるってさ。鶏の湯漬けだったっけ」

ざっと落とす。

「助かる。餅は頼むわ」

はいと箸《はし》をみちに手渡し、きなこと砂糖の皿をみちの前にそっと置く。

はるはまた竈に戻り、小さな土鍋《どなべ》を用意して水を張った。そのなかに塩と砂糖をざらっと落とす。

沸騰して泡がぷくぷくと浮きだしてから、酒を揉み込んでいた鶏肉をそうっと湯のなかに滑らせた。一瞬おさまった泡が、すぐにまたふつふつと沸き上がる。湯と鶏肉が手を取りあって踊るようになったところで土鍋をえいっと竈から持ち上げて、脇《わき》に置く。鍋の蓋《ふた》をして、あたりにある手拭《てぬぐ》いを何枚も使って厳重に包み込む。

「なんで土鍋をそんなふうにくるむんだい」

焼いた餅にきなこをつけて頬張りながら、みちが興味深げに聞いてきた。

「ごめんなさい。なんでかはわからないの。でも、おとっつぁんが茹でた鶏を料理に使うときはいつもこんなふうにしていたもんだから」

そういえばはるも、同じことを父に聞いたことがある。

「土鍋じゃないとよくなくて、あんまり長く茹で続けるのもよくないっておとっつぁんが言ってたのよ。沸騰したら火からおろして、四半刻《しはんとき》（約三十分）よりもうちょっと少ないくらいまで置いておくって。そのときは絶対に途中で蓋を開けちゃあ駄目だって言われてて」

そう言われると、兄の寅吉はむしろ途中で蓋を開けて、どういうふうになっているのかを見たがる子であった。父もそれを知っているものだから、兄を見張って土鍋の前で仁王立ちしていた。隙をつこうとする兄と、つかれまいとする父が、いつのまにかじゃれあうような相撲《すもう》の取り組みになったり、追いかけっこになったりするのを、はるは笑って眺めていた。

小さなはるは、走りまわる兄と父を見ながらじっと土鍋の側に座り込み、手拭いに包まれた鍋にそっと触れて熱を指で確かめたまま茹で鶏肉ができあがるのを待った。

「四半刻よりもうちょっと少ないっていうのが、どのあたりかをわたしが当てると、おとっつぁんがすごいってわたしを褒めてくれて嬉しかったのよね。だから、鶏肉が土鍋のなかでちょうどよく茹であがるまでの時間がどれくらいかは身体が覚えてる」

よく考えてみたら父の返事は、はるの質問への答えらしい答えではなかったけれど、はるはいつも「そうなんだ。おとっつぁんはなんでも知ってるんだなあ」と感心して、うなずいた。

もっと聞いておけばよかった。どうしてそうなるのか。なんのためにしているのか。

「あんたのおとっつぁんって薬売りだったたって言ってたね。あちこち旅してまわってたってさ。鶏なんてなかなか手に入らないだろうに、身体が覚えるくらい、茹でるところを見ていたってのはすごいもんだ」

みちが感心したように言った。

「わたしは小さなとき、よく寝込んだもんだから。普段から栄養のあるものを食べるといって、たまに鶏肉で料理をこしらえてくれたの。だいたい、茹でて粥《かゆ》にして食べさせてくれたのよ。他にも煮たり、焼いたりしてくれたけど……わたしが一等好きだったのは湯漬けかもしれない。好きっていうか……憧《あこが》れてた」

「憧れてたって、どういうことさ」

「鶏の肉を食べるとき、わたしだけはいつも粥仕立てだったのよ。それで毎回、おとっつぁんとお兄ちゃんの湯漬けがうらやましくて、うらやましくて……」

「へぇ」

「いつでも鶏肉を茹でるときは、おとっつぁんは、しっとりとして、ふっくらとした鶏肉が、舌の先でほぐれていくのが美味しいんだから、旨味《うまみ》が抜けて乾いたような仕上がりになるのは興ざめなんだって言ってたのよね」

「あんたのおとっつぁんはよっぽど食べることが好きだったんだね。自分で料理をこさえて、いろんなものを食べさせてくれるだなんてさ」

「そうね。茹でた鶏、もしも気に入ってくれたら、少し包むから持って帰って、おみちさんのおとっつぁんに粥にして食べてもらって。塩で味つけしたのもいいし、香りが嫌じゃなければ胡椒《こしょう》をたっぷりかけても美味しいよ。葱《ねぎ》も刻んで一緒に煮込んだりしても、美味しかったわ」

「父ちゃんに持って帰ってもいいの？　じゃあ餅は。餅も持って帰ってもいいかな。父ちゃんは餅も好きだから」

ぴょんと跳び上がるように立ち、弥助が、今日一番大きな声を張り上げた。

「いいわよ。角餅、焼かずに持って帰って、おうちで火鉢で炙るといい。あとでそれも包むわね」

みちは、きなこ餅を頬張ったまま動きを止めて、はるを見返す。

「はるちゃん、本当に？　いいの？」

「もちろんよ。今日は正月だし、切り餅は治兵衛さんが持ってきてくれたのがたんとある。そのかわり今日、出すご飯は美味しいかどうか、ちゃんと教えてちょうだいね。嘘《うそ》はつかなくていいからね」

「ありがとうございます」

みちが箸と皿を置いてきっちりと頭を下げた。みちを見て、弥助も同じに箸を置き頭を下げる。みちだけではなく、弥助にまで頭を下げられ、はるの胸にふわりとあたたかいものがこみ上げてくる。

「でも正月だけよ。うちもそんなに儲《もう》かっているってわけじゃないから。ごめんね」

小さくそう言うと「わかってるよ。あたしも今度はいい野菜をお返しに持ってくる。季節ものを売るとき以外は野菜のぼてふりをしてるんだ」とみちが言った。

「うん」

はるはうなずき、くるんだ土鍋に手を沿わせる。あたたかい熱がじわりと指先に伝わる。

身体を動かし、父がやっていた動きを辿《たど》っているうちに、埋まっていた遠い記憶が掘り起こされていく。

「あ……思いだした。そうしないと、ぱさぱさしてあんばいがよくない鶏肉ができあがるって言ってたんだわ。鶏肉を茹でるときは焦るとよくないって。ご飯を炊くときにむらさないと美味しくならないのと同じで、鶏肉もゆっくりむらすことで美味しくなる。だけど長く置き続けてもよくない。なにもかもがあんばいなんだよって」

あんばいってのは、だから、難しい。

よくよく見て、ちょうどいいときを耳と鼻と目とでしっかり見極めないと。

料理だけのことじゃなく、生きていくなかでのいろんな場所で、しっかり眺めて自分であんばいを覚えていかないとならないもんなんだ。

父はそんなことを言っていた。

食べさせてもらったものはすべてがはるの身体と心を作り上げているのだと思う。大切にされて、情をかけられて、美味しいものを食べてきた。父の作ってくれたものはどれも、そのときの父の精一杯だったことがいまならわかる。手に入れられるもので、できる限りの時間と手間をかけ、ひもじい思いをさせないように心がけて、はると寅吉を育ててくれた。贅沢《ぜいたく》なものもたくさん食べた。けれど普通なら食べないような珍奇なものもかなり食べてもいるのだった。薬食いと巷《ちまた》で称される類《たぐい》の、獣の肉も折に触れ食べた記憶がある。なにもわからずに調理をしたら、肉のえぐみが鼻をつき、食べられるものにはならなかっただろう。

が、父が作ったものはどれもこれも美味しかった。

身体の弱かったはるに、滋養のあるものを食べさせようと、創意工夫をしてくれた結果がきっとあの数多《あまた》の料理だったのだ。

「そっか。そうだわ。おみっちゃんの言うとおり、おとっつぁんは食いしん坊な薬売りだったんだわ。なんでも料理にかこつけて、寅吉兄さんやわたしに教え込んでた。

わたし、ひらがなの読み書きも教わったのは料理の名前からだったんだよ。自分の名前より先に覚えたかな文字は〝おもち〟だったわ」

「おもちって」

　みちと弥助がけらけらと笑う。

「美味しいものもたんと食べたけど、道ばたに生えている草や、木の実や、山のきのこの見分け方を教えてくれたのもおとっつぁんだった。わたしはしょっちゅうお腹《なか》がすいたって言ってへこたれて、海辺の石を拾って、何回も塩水をくぐらせて嘗《な》めたりしていたのに、〝食欲があるのは元気なしるしだ。はるはどんどん元気になってきているな。いいことだ〟って笑ってくれていたなあ」

海の塩水につけた小石は味がついていて、丸いそれは嘗め甲斐があったのだ。

呆《あき》れるのではなく感心し「嚙み応《ごた》えがあるものや、舌触りのいいものに、味をつけて口に入れるとたしかに空腹は少し紛れる。よく、ちょうどいい石を見つけたもんだなあ」とはるの頭を撫《な》でてくれた。もちろん小石は、呑《の》み込んだら危ないからと取り上げられて、塩水を嘗め続けると喉《のど》が渇いてよくないと教え諭されもしたけれど。

「元気でいてくれたらそれがなによりって、よく言われてた。それでもわたしはしょっちゅう寝込んで、だからおとっつぁんは、わたしの身体を丈夫にすることをたくさん考えていろんなものを作ってくれていたんだろうね。白い米なんてご馳走でめったに食べられるはずのものじゃないのに、わたしが寝込んだら、よく米を炊いてくれてたから」

あれはどうやって手に入れてくれたものだったのだろう。

父にならなんでもできるとあの頃のはるはそう信じていた。たやすくなんでもなしとげて、どんなものでも持ち帰ってきてくれる。大人とはそういうものだと信頼して、頼っていた。

自分が大人になって気づいた。

やすやすと父がこなしてきたように見えたすべての笑顔の裏に、歯を食いしばって、汗を垂らしてやってのけた我慢と努力と犠牲があったことを。

父を失い、兄と別れ、はるが過ごした村では、稗《ひえ》や粟《あわ》、麦ですら口に入れることが容易ではなかった。背負って子守をしていた甥に空腹で泣かれても、はるができることは限られていた。自分が食べるぶんを甥に与えそれでも足りないとぐずる甥に、摘んだ野草に手をくわえて食べさせながら、はるは、亡くなってしまった父のことを思っていた。

はるが父に教わったのは料理だけではない。側にいる人と手を取り合うやり方や、弱い者を大切にする方法と、情のかけかたも教わった。父と兄からの情と優しさが身に沁《し》みていたから、はるはそれをそのまま村で、甥っ子に手渡すことができたのだ。

そしていま、はるは、みちと弥助に美味しい料理を食べてもらいたいと思っている。みちに、自分ができるだけの手を貸したいし、弥助の細い手にもう少しだけ肉をつけられたらいいと願っている。

誰かの弱った身体や心を、料理で力づけられたらどれほど嬉しいだろう。

たとえば病で寝込んでいるらしいみちと弥助の父の身体を、はるの料理で癒《い》やせたらどんなにいいか。

うっかり思いついた考えに、はるはぶんっと首を横に振る。なにを夢みたいなことを言っているのか。医者でもなければ、薬屋でもないのに、料理で病が治るはずはない。

でも、もしかしたらと、今度は小さく首を傾《かし》げる。

薬種問屋の店主だった治兵衛さんや、たまに客として顔を出してくれる御薬園《おやくえん》同心の笹本《ささもと》さまに知恵を借りたらそんな料理も作れるのではないだろうか。それは『なずな』の店をやっていく道とはまた違う道へとつながる行き先のような気はするが。

はるのなかで生まれた大事な閃《ひらめ》きと向き合う前に、かたん、と音をさせて戸が開く。

流れ込んでくる冷たい空気に、竈のなかの火が左右に揺れた。

入ってきたのは、彦三郎と八兵衛だ。

「おめでとう。今年もよろしくお願いします。しかし寒いよ、寒い」

彦三郎がぶるっと震えてそう言って、後をついて来た八兵衛が「たしかにたまらねぇ寒さで凍えたぜ。天気がいいけど大川は霧がすごかった。ああ、おめでとうさん」と後を続ける。

「おめでとうございます。いらっしゃい。彦三郎さん、八兵衛さん……与七さんも、どうぞ入って。火鉢に当たってくださいな」

ふたりの背後からひょいと顔を覗かせたのは与七である。

はるは台所でずっと七輪の上に載せていた薬缶《やかん》の湯で生姜湯を作り、さっと出す。湯飲みを三つ、みちと弥助が餅を食べている火鉢の側にたんたんたんと並べて置いた。

八兵衛はあいていた床几《しょうぎ》にどっかりと座る。彦三郎は弥助の隣に「ここ、いいかい」と聞いてから、与七と自分のぶんの床几を動かして持ってきた。

与七を見て、みちがぽっと顔を赤くする。与七はというと「ああ、ぼてふりの、みちさんじゃないか。あんたも『なずな』の客だったんだね。俺《おれ》は店で喰《く》わないで出前をしてもらってるもんだから、あんたが来てるのは知らなかったよ」とにこにこと笑った。

「客じゃあないんです。そんな稼ぎはないから。だけど」

みちが困った顔でそう返し、

「おみっちゃんは、わたしの友達なんですよ」

とはるが続けた。

「友達なのかい。なるほど、なんだか納得だ。はるさんと、みちさんは、ちょっと似ているところがあるもんな」

与七がうなずいて、彦三郎が「似てるってどこがだい。顔はちっとも似てないけど」と返す。

「顔のことじゃあなく、働きものなところが似てるって言ってんだよ。いちいちうるさいな。彦三郎は」

与七が顔をしかめた。与七もこんな表情をしてみせるのか。はるが見る与七はいつも温和な笑顔である。たまに、はるの物知らずに驚いて呆れたような顔をすることはあるけれど。

つまり彦三郎と与七は、対等なのだなとはるは思う。取り繕った、いい笑顔だけを見せるような間柄ではなく素になれる。不機嫌もそのままぽいっと相手に放《ほう》りだせるような関係なのだろう。

「友達だったら質《たち》が似るみたいな言い方も、おかしいね。だって俺と与七さんはちょっとも似てないじゃないか」

　彦三郎が言いつのる。

「彦三郎と俺は友達じゃねぇからな」

「え。友達だと思っていたよ。だって一緒に初日の出を見にいったじゃないか」

「うるせぇな。俺はおまえを誘ったつもりはなかったんだよ。はるさんを誘ったんだ。なのにおまえだけがのこのことついてきやがって。俺はおまえより七つも年上なんだよ。兄貴分だぜ。もっと敬いな」

「年は関係ないよ、年は。与七さんは兄貴分っていうより、長屋のおかみさんたちと話しているみたいな安心感があるんだよなあ」

「……なんて言い草だ」

「褒めてるんだよ。お節介なところとか、気がまわるところとか、その気遣いの仕方が兄貴っていうより、おかみさんなんだよ。でも、それで与七さんはみんな慕われて、独り身なのに木戸番をまかせられてるんだから、いいじゃないか」

「うるせぇな。俺の性格は置いといて、それっておまえは、長屋のおかみさんたちとなら安心していくらでも話せるっていう意味なのかい。おまえ、世の中の女はみんな自分に優しいと信じてるんだな。許せねぇ」

「どこをどう聞いたらそういう意味になる」

「どこをどう聞いてもだ」

ぽんぽんと言い合うふたりに、はるはくすっと微笑《ほほえ》んだ。こんな言い合いができるなら、それは友達だ。

八兵衛が耳の穴に小指を突っ込んで、

「おまえらしかしよくしゃべるねぇ。彦三郎といるとみんながよーくしゃべるんだ。治兵衛さんしかり、与七しかりだ」

と茶々を入れた。

「しかりってなんだよ。叱《しか》られるのは俺だよ」

眉を下げた彦三郎に、与七がぽいっと文句を投げる。

「その叱りじゃねぇよ。わかってて、とぼけるのはやめろっていうの」

八兵衛は彦三郎からはるへと顔を向け、

「寒いし霧も出てたってのに、こいつらずっとこの調子よ。一年の計が元旦にあるならこいつらの一年はずっとこうだ。与七は今年こそ嫁をもらうぞって気負ってるのに、日の出を拝みにいく連れ合いが俺たちだっていう時点で、どんな年になるか決まったようなもんじゃねぇか。どう思う、はるさん」

笑って言った。

どう思うってと、みちを見た。嫁という言葉に、みちが目を瞬かせている。

普段ならよくまわるみちの舌が、与七が相手だと途端に重たくなるようだ。もじもじとうつむいて着物の袖をいじっている。そうしているとみちと弥助は姉と弟でとてもよく似ているのである。

「霧、すごかったんですね」

「それでも朝日の頃には空のほうは晴れてたよ」

八兵衛が答える。

「よかったです。わたしも二階の窓から日の出を拝ませてもらったんですよ」

「そうかい。遠慮はいらない。初日の出はいいもんだから、たくさん見て、浴びるといいさ。霧をかきわけるように光が差してくるご来光っていう、綺麗なものをみんなで拝めてよかったんだ。来年ははるさんも一緒にいこう」

はるの言葉に、まるでお日様が自分のもののように彦三郎が言ってのけた。

「ありがとうございます。来年は、おみっちゃんも一緒にいこう。弥助ちゃんもね」

「……うん」

みちが小声でうなずいた。

そうしたら与七が彦三郎の頭をぽすんと平手で叩いた。

「年始から来年の話かよ」

たしかにいまから来年の初日の出の約束は気が長い。それでもみちがずいぶんと嬉しそうに、恥じらうようにして笑ってくれているから、それでいい。

「あの……わたし、他にもいろいろと見てまわりたいなと思っているんで、できたらあちこち誘ってください。兄を捜してまわるのに人混みのなかのほうが出会えるかもしれないし」

「いいよ」

三人の男たちが軽く請け合った。

「おみっちゃんも手伝ってくれるよね。わたしの兄ちゃん捜し」

「もちろん」

話しながらも、鶏肉がちょうどよく茹であがるのを待っている。

はるが葱を小口切りにすると、つんとした匂いが立ち上がる。この葱の匂いが鶏肉の臭みを消し、食べやすくしてくれる。

昆布と鰹節で美味しくとった出汁が鍋にある。別鍋に小分けして味見して、ほんの少しだけ塩を足した。

「はるさん、お腹がすいたよ。俺たちはずっと歩いてきたんだからさ」

八兵衛が言った。

「そうだよ。さっきから出汁のいい匂いはするし、俺は腹が鳴って仕方がないよ。はるさん、早く食わせてくれよ」

彦三郎も情けなく眉尻《まゆじり》を下げ懇願する。

「あともう少しですから」

はるは、わさびをごりごりと力を入れてすり下ろす。わさび特有の香りが他の匂いを追いやって、自然と目に涙が滲《にじ》みだす。

ぐるぐる巻きにしていた手拭いを鶏肉の鍋から解《ほど》き、なかの肉を確かめる。試しに串《くし》を刺してみると、透明な肉汁が滲みでた。

「火がちゃんと通ってる。大丈夫。あとはこれがちゃんとしっとりとしたものにできあがっていたらいいんですけど……」

久しぶりすぎて、不安で仕方ない。子ども時代に身体が覚えていたことは大人になってても忘れないというが、はたして料理の勘どころもそういうものなのだろうか。そわそわしながら箸で肉を湯から取り上げ、まだ熱いそれを手で裂いた。下味をつけて臭みも抜いたつもりだが、味も含めて、どうだろう。細長く裂いた肉の欠片《かけら》を、ひょいと口に放り込む。

「うん。鶏を茹でたのは、この味です」

しっとりとした舌触りに、旨味もしっかりと含んだ記憶のなかの味だった。臭みもちゃんと消えている。

残りの鶏肉をすべて手で裂き傍らに置く。

小分けしていた出汁の鍋を火にかける。

用意していた茶碗《ちゃわん》にご飯をよそい、裂いた鶏肉をその上に盛り付けた。叩いた梅干しを横に添えてから、刻んだ葱をぱらりと散らす。あたたまった出汁を上からたっぷりとかけ、白ごまを振って、わさびを載せる。弥助のぶんだけ、わさびはなしだ。弥助にはわさびは、まだ早い。

茶碗を載せた膳《ぜん》を五人分。

それとは別に自分用にもう一膳、それは盛りを少なくして置いておく。

膳に載せて運ぶと、彦三郎が待ちきれないという顔で、すぐに箸に手をのばす。

「ありがとう、はるさん。いただきます」

「はい。どうぞ召し上がってください」

そのまま、はるは両手を前に置いてみんなが食べるのを待って黙っていた。

舌に合う料理になっただろうか。彦三郎は変わったものも食べてくれるが八兵衛と与七はそうじゃない。弥助は子どもだから、はっきりした味わいが好きで苦みや渋みは苦手だろう。みちの好みは正直なところ、はるにはまだよくわからない。知り合って気が合ったけれど、舌が合うかは別だった。

心臓がとくとくと小さく鳴っている。新しいものを作って、それを誰かに食べてもらい感想をもらうときの緊張が、はるの身体をわずかに前に屈《かが》ませる。

彦三郎が叩いた梅とわさびを出汁に混ぜ、湯漬けをさらさらとかき込んだ。

「お、旨い」

そうつぶやいて目を丸くして、はるを見上げる。

「もっと強い味なのかと思ったら意外とこれは優しい味だ。鶏肉ってのは旨いもんなんだなあ。いままで湯漬けにして食べないでいたのがもったいないよ」

思わずはるはぐっと力を込めてしまう。

「そうなんです。美味しいんですよ。これなら冷めたご飯でも美味しくいただけますから、竈をたくさん使わなくてもいいんです。具だけ作っておけば、注文をいただいてからすぐにできます」

あたたかいご飯がなによりのご馳走だと知っているから『なずな』は訪れた客にあわせてご飯を炊いた。が、それだとどうしても竈はひとつご飯のために空けておかねばならなくなる。でもこれならばご飯をおひつに移して置いておくことができるのだ。

「なるほど。おひつのご飯に茹でた鶏肉と出汁を準備してたらぱっとできるんだな。だったら、急いでご飯をすませたい人にも嬉しい料理ってことだ。茶碗一杯でさらっと食べて満腹になって旨いんだ。どうだい、与七さん、八《は》っつぁん」

彦三郎もはるの意見に同意し、他へと目を向けた。

「旨いな。出汁と梅干しとこの鶏が。いままで食べたことのない味だが」

与七が言った。

「ああ、俺もこれなら好きだね。いろんなものが混じって身体によさそうな気がするよ」

八兵衛も舌鼓を打っている。

弥助は無言でかき込んでいる。食べ方をみれば美味しいと思っているかどうかはわかる。気に入ったのだ。

「湯漬けっていうかさ、この出汁がそもそも美味しいんだよ。贅沢な味がするよ」

みちも言う。

「治兵衛さんも気に入ってくれるかしら」

はるがつぶやくと、

「聞いてから作るんじゃあなくて、とっとと作っちまってまず出してみな、それで、食べてもらいなよ。そうしたら治兵衛さんは仕入れたものを無駄にできないから、その日は出してもいいって言うよ」

与七が言った。

「そんなことしてもいいんでしょうか」

考え込んだはるに「たまにはいいんじゃあねぇか。正月だし」と八兵衛が理由にならない理由を言う。

「そんな適当なことをみんなして言わないでくださいな」

他人事《ひとごと》だと思ってとはるが少しむくれて言ったら、彦三郎が「俺はこの味好きだよ」と笑う。

実際に美味しそうにたいらげてくれたあとの褒め言葉だから、嘘がない。はるは嬉しい気持ちで彦三郎の言葉を聞いた。

「試しに食べてもらうといいよ。話は全部そこからなんだから。はるさんは治兵衛さんのことを気にしすぎだよ」

「だって治兵衛さんが美味しいって言ってくれないと心配で」

みんなの感想を聞くことができて、ほっとして自分の茶碗に手をのばす。

口をつけてずずっとすする。出汁は美味しくできている。鶏の茹で肉とご飯をわさびと共にかき込んだ。つんと鼻をつく独特の匂いが大人の味だ。ずっと憧れていた味だったのに、涙ばかりがにじみでて、はるは妙な気持ちになる。美味しいのは美味しいけれど、思い描いていた味とはどこかが違う。やっと大人になって、わさび入りの鶏湯漬けを食べられたのに、想像していた味よりうすぼんやりとしたものに感じられるのは、あまりにも長いあいだ「いつか食べたい」と思い描き続けてきたせいか。兄にもらった一口は、しっかりと強い「大人の味」だった記憶があるのだけれど。

かつての幼い自分を思い出の底にとりこぼし、自分はずいぶん大きくなってしまったのだとふと思う。

美味しかったあの味も、なにもかもがすべて遠い。

ほろ苦いものがこみ上げてくるのを、はるは勢いよく湯漬けを食べることでごまかした。

「治兵衛さんってぃやあ、中野屋は親子喧嘩《げんか》で年を越したって話だぜ。頑固爺《じい》さんだから自分から頭を下げられないのわかってるのに、長一郎さんもまた治兵衛さんによく似た頑固者だからこじれるばっかりだ。家族なのに飯を食う時間も互いにずらして、顔を合わせないようにしているんだって聞いてるよ。彦三郎、ちっとあの家の親子喧嘩に割って入ってやったらどうだい。直二郎のいないいま、治兵衛さんに叱られても音を上げないのはおまえくらいなもんだから」

彦三郎が「うへぇ」と言った。

「顔を合わせないようにしているんですか」

はるは思わず八兵衛に聞き返す。父親と息子が、わざわざ食事の時間をずらして互いに顔を合わせないようにしているなんて、はるからするととても寂しい話である。

「いつものことなんだよ。長一郎さんと治兵衛さんは似たもの同士でぶつかりあうから、どっちかが冷静になるまでは距離を置く。それにしても今回は長い」

彦三郎が困った顔でそう言った。

八兵衛はというと自分から話題をふっておきながら、話を広げる気は一切ないらしく、

「湯漬けだけじゃ足りねぇな。他にはないのかい、はるさん」

と言いだした。

「こら。八っつぁん。図々《ずうずう》しいったらないね、すまないね、はるさん。八のやつにはあとでしっかり言っておくから」

与七がはると八兵衛のあいだに割って入る。

「いえ、いいんですよ。たくさん食べてもらって意見を聞きたくて来ていただいたんですから。すまし仕立てでお雑煮ができるけど、どうします？　あ、あと焼いた餅に梅干しと海苔を巻いて食べてもらいたいんだけど……」

角餅を皿に載せて運び、七輪の網の上に載せていく。みちと弥助に持って帰ってもらうぶんは別に取り分けた。はるは、網の上に、人数分の餅を載せ、みんなの顔を窺う。

「ひとり一個じゃあ足りないかしら」

「二個は欲しいよ。雑煮もいるよ。あとできたら酒もよ。お屠蘇《とそ》のない正月なんて聞いたことねぇぜ」

八兵衛が両手をすりあわせて笑顔で言う。

「あ」

はるは慌てて口を押さえた。自分が飲まないものだから、屠蘇については考えていなかったのだ。縁起物だというのに、気が利かない。

「ごめんなさい。そうですよね。お屠蘇のこと思いついてなかったわ。それに、治兵衛さんがいないから、ちろりの世話までは……」

神棚と地蔵にお酒をお供えしたのに、人間相手にふるまったのは生姜湯だけ。まったくはるは抜けている。

「いいよ。ちろりは俺がやってやる」

腕まくりして彦三郎が、いつも治兵衛がいる場所へと進み出た。

「おまえ、親切ごかして自分が飲みたいだけだろう」

茶化す与七に「そうだよ」としれっと応じる彦三郎にみんなが笑う。

長屋の外で子どもたちのはしゃぐ声がする。大家の源吉一家の子どもたちだろう。今年、九歳と、七歳になる兄と妹だ。駆け回って笑う声が気になるのか、弥助が顔を上げ耳をすましている。

「お腹いっぱいになった？　大人たちの話につきあうのは退屈でしょう。もうちょっと待ってたら熊吉《くまきち》っていう西仲町《にしなかまち》の長屋の子もうちに来るし、裏店《うらだな》で遊んでおいでよ。おみっちゃん、いいわよね？」

みちが答えるより先に、八兵衛が声をあげる。

「お、熊吉も来るのかい。じゃあ餅は熊のぶんを残しとかないとな」

八兵衛はいそいそと熊吉のぶんの餅を脇に除《よ》ける。八兵衛が熊吉に優しいのは、きっと、熊吉に過去の自分の姿を重ねているからなのだろう。

熊吉は、かつて掏摸《すり》をして日銭を稼いでいた、今年八歳になる子どもである。病で寝込んでしまって働き口をなくした母の薬代と日々の糧を幼いながらにどうにかしなくてはと考えた結果の行いだ。

はるは熊吉に紙入れを掏《す》られたことをきっかけに、熊吉の悲しい暮らしぶりを知ったのだ。それで、岡《おか》っ引《ぴ》きの八兵衛と一緒にこっそりとあとをつけて住まいを探し、しっかりと灸《きゆう》を据えて改心させた。まわりの大人が気にかけて熊吉の手を取り、明るいお日様の差し込む道へと引っ張りだした。いまではもう熊吉は悪事から足を洗って、たまに『なずな』を手伝いにきてくれるようになっている。

と――。

まるでそれを聞きつけたかのように戸が開いた。

「あけましておめでとうございます」

元気な声を張り上げて熊吉が『なずな』に飛び込んでくる。頭のてっぺんにまとめた芥子《けし》坊主の髪が、元気な犬の尻尾《しっぽ》みたいにふさふさと勢いよく揺れる。七輪を囲む大人たちのあいだにするりと潜《もぐ》り込み、弥助のことをまじまじと見つめてにかっと笑った。

「熊ちゃん、わたしの友達のおみっちゃんとその弟の弥助ちゃんよ。熊ちゃんと同じ年だって。おみっちゃん、弥助ちゃん、この子は熊吉」

挨拶しなと、八兵衛が熊吉の頭を軽くこづく。熊吉がぺこっと頭を下げると、みちも弥助も同じように頭を下げた。弥助は気後れしているのかもじもじとしている。

「あ、餅。餅、焼いてる。みんな先に食べてたんだな。いいな。俺のぶんは？」

と言って熊吉が焼けて、ぷうっと膨らんだ餅のひとつにそこにあった箸をつけてひっくり返した。

「おいこら。それは俺のだ。おめぇのはこっち」

八兵衛が、さりげなく、一番大きい餅を差しだす。くるりと返したその餅もいい色合いに焼けている。

はるは八兵衛のだと言った餅を皿に取り分け、梅干しと海苔とで梅磯辺餅をひとつ作る。

「はい」

と渡すと八兵衛ががぶりと喰らいつき「お、梅の酸味と海苔がちょうどいい。餅と海苔と梅干しってのは……そりゃあそうか、白い飯と梅干しと海苔も合うもんな。疲れた身体に染みこんで、塩と酸っぱさが、こう……沁みるねえ」と目を細めた。

「なんだよ。俺もそれがいい」

「こっちもそれを」

八兵衛があまりにも美味しそうに頬張るものだから、彦三郎と与七も梅磯辺餅がいいとはるに言う。

「はい」

とふたりのぶんの餅を作って皿で渡し、

「熊ちゃんは、きなこつける？　磯辺餅にする？」

熊吉のぶんも取り分けようとした。

するとと熊吉が唇を尖らせ「俺も、八っつぁんの食べてんのがいい」と訴える。

「でも、梅干しだもの。酸っぱいよ。熊ちゃんにはまだ早い味じゃあないかしら」

口に出してから、あらと思う。かつて自分が言われたのと同じことを、熊吉に言っている。

まだ早い味。

「味に早いとか遅いとかないっての。ぜったいに俺もそれ食べる」

むきになったように熊吉が言って、それを見て大人たちが笑っている。みんなの顔が七輪の火に照らされて、ほわりと赤い。

「あ」

はるの唇から声が零《こぼ》れた。

一昨日と今日の料理の違いは「これ」だった。

食べてくれたみんなの顔だ。

どうして一昨日、繁盛していたのに、暖簾《のれん》をしまって後片付けをしたときに沈んだ気持ちになったのかは、急ぎ足でご飯をかき込む客たちの顔をはるが見ることができなかったからだった。

――私は、食べてくれる人の顔を思い描きながら料理を作りたいんだわ。

儲けを出したいとは思う。店をやっていく以上、その売上げで、はるがおまんまを食べていけるようになりたいと願っている。けれど「店を大きくしたい」「繁盛させたい」というそれが目的ではないのかもしれない。はるがやりたいのは、食べてくれる人の顔がきちんと見える店だった。

年の瀬の『なずな』は繁盛したけれど、急ぎ足で帰る客ばかりで、はるはそれが寂しいと感じていたのだ。

治兵衛がはるに問いかけていた「どういう店がやりたいか」の答えは――客の顔が

見える店、だ。

どんな人がいるかがわかっているから、その人に向けて、美味しいものを作りたい。身体の弱い相手には、滋養になるものを作って渡したい。薬になるような料理もあるだろう。酒のつまみだけで終わらせる人もいるだろう。

そういう意味では、はるは自分の身の程を知っている。万人が美味しいと思える料理は、いまのはるには作れない。

だからこそ、はるはさまざまな献立を取りそろえ、訪れた客がそのときの気持ちで選んで食べてくれるような、そんな店をやりたいのである。

「どうしたのさ、はる姉ちゃん。口をぽかんとあけて。間抜けな顔になってるよ」

「え。間抜けって」

ひどいわねとはるは熊吉を軽く睨《にら》みつける。

「そんな意地悪なことを言う熊ちゃんには、やっぱり、きなこよ。大人の味は熊ちゃんにはまだまだ早い」

「なんでだよーっ」

熊吉が目をつり上げて怒るのを、八兵衛が「子どもだからだよ」と鼻で笑った。

「子どもじゃねーよ」

憤っている熊吉の声は、けれど甲高い、まだ幼い子どもの声である。頬はふっくらとして、にょきりとつきだした手も足もどこもかしこもまっさらだった。たとえ荒れた肌であっても、かさかさに乾いていても、肌の奥にはぴんとしたみずみずしいものがみなぎっていて、熱い血潮が流れているのが伝わってくるのだ。まだ若い。そして幼い。

「だーめ」

まだ、あんたは子どもでいてよ。

はるは口に出さずにそう願う。かつて父がそう思ってはるから「大人の味」を遠ざけたように。

味に早いも遅いもないようでいて、実はあるのだとはるは思う。大人の味と子どもの味。実際に食べたものの味わいではない。いま、思い返して蘇《よみがえ》る自分が大切にされていた記憶の味こそが、はるにとってはほろ苦く切ない大人の味だった。年を経たからこそ思い至れる、苦くて甘い愛《いと》おしい味わいである。

「いいから、おまえは、きなこ餅食えってんだ。ほらほら。こっちも焼けてるぞ」

八兵衛が餅を網に載せ、あんばいを見て熊吉の皿へと渡す。皿に入れてはつぎの餅を載せる。

「そういや、凧揚《たこあ》げの凧をよ、もらったんだ。あとで持ってきてやるから、外でやれ」

八兵衛に言われ熊吉が「凧だって。いいのかよ」とぱっと目を輝かせた。凧揚げの凧なんて、独り身の男がもらうはずもないのに。わざわざ用意したのだとは絶対に八兵衛は言わないのだ。

「いいよ。おいらは大人だから凧なんてやんねぇしよ。もらったところで使い道もなくて困ってたところさ。そのかわり、弥助と交代で遊べよ」

「わかった」

熊吉がうなずく。

「え……俺も……いいの」

唐突に名前を出された弥助が驚いたように聞き返す。

「ああ。餅食ったら、取りに戻る。ついてこいよ。河原でよ、凧揚げのやり方見てやるよ。どうせおまえらふたりとも凧揚げは下手《へた》に違いないんだ」

「上手《うま》いよ。八っつぁんより上手いんだから」

「俺は凧揚げ名人だったんだからな。俺より上手いなんてこたぁ絶対にない」

言い張る八兵衛に熊吉が「俺のほうが」とたてついて「餅はあと。まず凧揚げで勝負だ」と立ち上がる。

「いくぞ。弥助」

熊吉が弥助の手を取って「八っつぁん、遅い。早く」と八兵衛を置き去りにして外に出た。

「おい。……ったく、ちょっとまたあとで戻ってくるから、燗酒《かんざけ》はそのときに」

困り顔で、だけど明るい声で八兵衛が熊吉と弥助の後を追いかけて出ていった。

「はいよ。いってらっしゃい」

彦三郎が笑っている。

「八っつぁん、大丈夫かな。子守りに向いてるとは思えねぇ。心配だから俺もいく」

与七が腰を上げ、はるは「ちょっと、おみっちゃんも一緒にいってみたらどう？大丈夫だとは思うけど、ついていったほうがいいかもしれないよ」とみちに声をかける。

「そうだな。みちさん、一緒にいこう」

「え。あ、はい」

与七と共にみちが店の外に出る。戸口でちらりとはるを振り返り、みちが両手を合わせて小声で「はるちゃん、ありがとう」と唇を動かした。ぽっと赤く染まった頬は、寒い風のせいだけじゃない。

そんなふうにして和やかに――『なずな』の正月一日が過ぎていったのであった。

第三章　帰れぬ故郷を懐かしむさらさら鶏飯《かしわめし》

　翌日——年が明けたとはいっても松の内まではどこか正月気分が残っている。大晦日《おおみそか》にごった返したのが嘘《うそ》のように、人の波はゆるやかだ。

　二日は店を開けてもゆっくりしていていいんだと、事前に治兵衛にも言われている。はるは治兵衛が来るまでのあいだ、直二郎の帳簿を手に取って眺めていた。

　直二郎のときから、二日の実入りはたいした数字ではないようである。とはいえ、はるは算盤勘定《そろばんかんじょう》にはそこまで詳しくはないし、帳簿の見方が実はあまりよくわかっていないのだった。

　直二郎の帳簿と同じように、仕入れや、その日の売上げを書くだけは書いている。ただしそこからなにかを学んだり、これからどうしたらいいかを考えたりするところまでは至っていない。

　父と暮らしていたときは父がさまざまなことを教えてくれた。が、親戚《しんせき》に預けられてからは、ずっと働きづめで他のことを学ぶ余裕はなかった。教えてくれるあてもなかった。

村で暮らしていくのなら、読み書き算盤なんて女の自分には不要なものだった。だから、さらに物事を学びたいなんて、はるは欠片《かけら》も思わなかったのである。

けれど、いまとなっては自分には足りないものが多すぎる。

「お客さまの顔が見える店にしたいと思ったのはいいけれど……本当にそれでいいのかどうか」

昨日、思いついたときから考えていた。しかし、ひとりひとりの気持ちや体調、思い出に寄り添うような店にしたいというはるの気持ちと、商いが大きく広がっていくという先行きがうまく重なる道筋は、はるにはさっぱり見えないのだ。

「繁盛したいっていうのも途方もないけれど、お客さまひとりひとりの顔を見たいというのも途方もない……」

その両方が、どちらも大変だ。

つぶやいて、肩を落とす。

はるがそうやってすき返しの安い紙に小さな文字で今日の仕入れを書き留めていると、治兵衛がのんびりとやって来た。

「おめでとうございます。今年もどうぞよろしくお願いいたします。治兵衛さん、あの……お屠蘇《とそ》です」

はるは書きかけの自分のための帳簿を慌ててしまいこみ、昨日と同じ失敗はしないようにと気合いを入れてお屠蘇の用意をして治兵衛に差しだした。

しかし、治兵衛は「おめでとう。はるさん。あたしにお屠蘇はいらないよ。そういうのは常連客にふるまってやるといい」とはるを軽くいなしたのであった。

「そうですか。あの」

火鉢を治兵衛の側《そば》へと近づけて、はるは治兵衛の前に立つ。

「なんだい。はるさん。ずいぶん難しい顔をしている。眉間《みけん》にしわが寄ってるよ。それじゃあ、まるであたしみたいだ」

「え。治兵衛さんみたいなしわ」

はるが慌てて眉間を押さえると治兵衛がくすりと笑った。どうやら治兵衛は自分の険しい顔を、自覚しているようであった。

「実は」

自分がどんな料理を作りたいのか、どんな客と向き合いたいのかを、治兵衛に伝えようかと口を開きかけ、けれどはるは気づけば違うことを話していた。

「実は、治兵衛さんに食べてもらいたいものがあるんです。前にお話しした鶏湯漬け《とり》です。昨日、八兵衛さんや与七さん、彦三郎さんにも食べてもらって、美味《おい》しいって言葉はもらっています」

商いをよく知っている治兵衛からしたら、はるの願いは突拍子もないものに違いない。そう思うと、言い出しかねたのである。

まず鶏湯漬けを食べてもらってから、その次だ。治兵衛が美味しいと言ってくれるものを作れないのに、ひとりひとりの客に向き合いたいだなんて、ちゃんちゃらおかしいと笑われてしまう。

けれど、もしも鶏湯漬けを治兵衛が美味しいと言ってくれたなら、そのときは――。

「ふん。彦三郎の旨《うま》いは信用できないが、八のやつが旨いというなら、そこそこ旨いような気がするね。与七も旨いって言うんなら、変わっていても、安心できる味付けになってるってことだろう。どれ、作ってごらんよ」

「はい」

はるは急いで長葱《ながねぎ》を刻み、わさびをすり下ろす。他の具の支度はすべて終わっている。おひつのご飯を使って手早く出せるということも、治兵衛にわかってもらいたい。

「そんなに慌てなくてもかまわない。落ちつきなさいよ、はるさん」

「慌ててるんじゃないんです。慌てなくてもこの料理は本当にすぐにできあがるんです」

と言ったときには、鶏湯漬けはできあがり、はるは治兵衛の前へと膳《ぜん》を運んだ。

「ずいぶんと、また」

治兵衛がつぶやくのに「早くできるんです」と勢いこんで説明する。

「そうかい。じゃあ、いただくよ」

治兵衛はいつものむっつりとした顔のまま、両手を合わせ茶碗《ちゃわん》を手にする。すぐに口をつけず、まず、しげしげと鶏肉を凝視する。治兵衛は新しいものにすぐに飛びつく質《たち》ではないのだ。

箸《はし》で鶏肉をつまんでひと囓《かじ》りしてから、茶碗に口をつけ出汁《だし》をちゅっと吸った。

「うん。相変わらず、はるさんのとった出汁は旨いね」

小さくうなずいてからあとは無言で食べていく。

治兵衛の様子をしげしげと見つめる。これは美味しいと思ってくれている顔だと、はるは思う。

治兵衛がなにも言わずに黙ってすべてを平らげるのは、味が気に入ったときである。不味《まず》いとか、なにかが足りないと思ったときは言葉数が多くなる。さらにまったく舌に合わないと感じたら、箸を途中で止めて「もういらないよ。ごちそうさん」と、はるに言う。

鶏とご飯を嚙《か》み締めてから、あとはさらさらと湯漬けをかき込んでいく。あっという間に平らげて、箸を置くと腕組みをして、茶碗の底を凝視している。

「治兵衛さん……あの、どうですか」

はるは黙り込んだ治兵衛に小声で聞いた。

治兵衛はしばらく考え込んでいる。治兵衛がどんな算段をつけているのかが、はるにはさっぱりわからない。

「そんな不安そうな顔しなさんな、美味しいよ。美味しいんだが……そうだなあ。これは鶏じゃないもんで出したほうがきっとみんなは好きな味だとあたしは思うよ。鯛《たい》や鰤《ぶり》で作ったらどうだい？」

治兵衛は組んでいた腕をほどいてはるを見上げた。

鶏じゃなければ意味がない。鶏の湯漬けであることがはるにとってはなにより大切なのに。

はるの気持ちがしゅんとしぼむ。

が、治兵衛ははるの様子を見て眉間のしわをゆるく解いた。

「でも、今日なら店で出してもいいよ。だってはるさん、これはもう鶏肉を湯がいて作っちまったんだろう？　仕入れたもんを使っちまったなら、店で出してもらうしかないじゃあないか。はるさんがそこまでこの献立に思い入れがあるっていうなら、仕方ない」

仕方ないと言われたのが胸に響く。仕方ないから、出してもいい。そんなことを治兵衛に言わせてしまった。

かといって「仕方ないで出させてもらうくらいなら、やっぱりやめます」とは、言えないはるである。治兵衛が言う通りに、すでに鶏を茹《ゆ》でてしまったのだ。出さずに仕舞いこむと無駄になる。

だからはるは萎《しお》れたまま「はい」とうなずいた。

「おとっつぁんと兄さんの思い出の味なのかい？」

そうしたら、優しい言い方で治兵衛が聞いてきた。

「……はい。でも、思い出の味だから店で出したというなら、それは、わたしのただのわがままになってしまうのはわかってます。そうじゃなくて、いらっしゃるお客さまの身体《からだ》を癒《い》やせるようなものをお店に出せたらって考えているんです。鶏は滋養に富む食べ物で、それを美味しく食べるために工夫をした料理だから」

自分の力で、自分の頭で、やっていきたい店の形を見つけだし、料理を作って稼ぎたい。でも、まだまだまったく手が届かない。

なんだかなあと自分自身に落胆し、なにかに負けたような気になった。

「なるほど。だったら、胸を張りなさい。そんなに不安そうな顔は見せなさんな。店の女将《おかみ》がしょぼくれた顔をして料理を出してはいけないよ」

治兵衛の言葉が耳から入り、胸に落ちたときに、はるは思わず目を見開いた。

店の女将というのは、はるのことだろうか。いま治兵衛の前にいるのは、はるだけで、不安そうな顔をしたのも、はるだから、そういうことになるのだろうけれど。

「新しく作ったご飯を食べてもらうとき、あんたの背中は丸くなる。顔色を窺《うかが》うようにこちらを覗《のぞ》く。あたしの意見がたまに辛口だからかもしれないけどさ、そんなふうに見つめられてたら美味しいものも不味くなる」

「……はい。ごめんなさい」

「心配しなくても、美味しいものは美味しいと言う。あんたがそんなふうにあたしの顔色を窺うようにしちまったのは、あたしのほうも悪いんだ。すまなかったね。あたしの怖い顔は、これはもう仕方がない。慣れておくれ」

「はい。……あ、違います。怖くないです」

怖い顔ではないと否定するべきだったのに、ついうなずいてしまった。治兵衛ははるの素直さに、ふんと鼻を鳴らした。

「いいから、自信を持ちな。おまえさんが身体にいいものを出したいと思っているのは、伝わったよ。たしかに鶏肉は滋養があるし、世の中には薬食いで獣の肉を食わせる〝ももんじ屋〟もあるからね。やってみるのも悪くない。ただしそれをどうやって商いにするかは、はるさんひとりじゃまだ荷が重い。そこをあたしがどうにか算段つけようって考えているところだから……って、はるさん、なんであんたずっと目を見開いたまま動きを止めてるんだい。ちょっとおまえさん、瞬きをしな！」

「え……瞬き」

慌てて、ぱちぱちと目を瞬かせる。

治兵衛が「はるさんは、おもしろいねぇ。なんだい。そんなに驚くようななにをあたしが言ったんだろう」と首をひねった。

「だって女将って」

「女将だろうよ。はるさんがひとりで料理を作ってるんだから。いや、板長か。そうか。板長って言われたいんだね」

「いえいえ。まさか板長なんて……」

はるはぱたぱたと両手を振って否定する。

「今度は瞬きしすぎだよ。適当な頃合《ころあ》いでやめておきなさい。……まぁ、瞬きについても女将も板長もいまはどうでもいいよ。そんなのはただの呼び方ひとつだ。問題なのは店のあり方だ。話を戻すよ。あたしはそこまで食通じゃあないっていうのもあるけれど、この味の鶏湯漬けってのはよそでは食べたことがない。なにより鶏の肉が、他で食べたものより味がいいし、舌触りもいい。きっと、はるさんなりのコツっていうのがあるんだろう？　納豆汁もそうだけど、はるさんのおとっつぁんは、鶏をよく食べるお人だったんだろうね」

「わたしは身体が弱くてよく寝込んだから、滋養のあるものを食べさせてくれて、それで」

「そうかい。美味しかったよ、鶏湯漬け。それだけはたしかだ。今日はこれを店で出すといい。売れるかどうかはちぃっとあたしにも読めないが。あたしはこの出汁茶漬けなら、鶏じゃなく鯛で食べたいところだけれど……かといって鯛の出汁茶漬けはそのへんの料亭でもっと値が張って旨いものが出ているしねぇ。鶏だからこそ意味があるんだろう、これは」

「はい。あの……売れ残ったら熊吉のところに持っていって、寝込んでいるおっかさんと一緒に食べてもらおうと思っています。今日だってそんなにたくさんは作りません。納豆汁のほうに鶏をどんと足して、その余りで作ってますからそれで、今日の分の損は明日からちゃんときゅっとしめて利益を積み上げて月末にはどうにかします。でも」

熊吉は最近、はるの仕事を手伝ったり、加代のおつかいを頼まれたりして過ごしている。『なずな』は熊吉に給金を渡せるほどの稼ぎがないから、手伝いの報酬はいつもまかないだ。それでも、母と自分のぶんのまかないをもらい、熊吉は笑顔で家に戻るのだ。

「でも？」

本当ならば『なずな』で熊吉を雇えたらいい。けれどいまの『なずな』にはそこまでの稼ぎはない。

「でも、ごめんなさい。あまり大きな稼ぎの出る商いはわたしにはできない……と思います。身の程知らずにずっと『なずな』を繁盛させたいって思って、そんなことを言ってきましたけど、わたしは、いらっしゃるお客さまの顔を想像しながらじゃないと料理が作れない。だから治兵衛さんはわたしに〝ゆっくりとどういう店にしたいのかを考えていけばいい〟って言ってくださっていたんですね……できないことを望むなっておっしゃりたかったんですよね」

どんな客に来て欲しいかってのも大切だけどさ、どんな客には来て欲しくないかってのも考えて料理を作るといい。

あの言葉の意味はいまだ、はるにはわからない。

来て欲しくない客なんて、はるにはいない。

ただ——。

「わたしには直二郎さんのときの『なずな』は作れない。わたしは、わたしの目の届く範囲で、わたしが顔を見ることのできるお客さまに、わたしのこの両手を広げたぶんくらいの料理しか作ることができないんです。ごめんなさい」

とうとうはるは、そう言った。いま言わないと、いつ言えばいいかわからない。

しかし、はるの言葉に治兵衛は眉間のしわをふわりと解いた。

「ああ。そうだろうと思っていたよ。よかった」

「え？」

「ただただ繁盛したいとか、客がたくさん欲しいとかそんなことを言いだされたらどうしようかと思っていたよ。それだとあたしからしても手にあまる。身の丈にあった商売をまず目指すっていうなら、なによりだ。身の程を知っているってことは大切なんだ。『なずな』は、小さな店だ。はるさんは、まだまだひよっこの女将だ。それがわかったうえで、やりたいことがはっきりしたのはいいことだ。鶏湯漬けも、売れ残るのを念頭にしている姿勢はどうかと思うが、はるさんらしいっちゃあ、らしい。それに料理に限らず、どんなもんでも、自信を持って出してみても売れないってことはあるからねぇ。読みがはずれたときにきっちりと巻き返そうって覚悟があるならそれでいい。できる限りのことを毎日こつこつやっていったら、そのうち自分の身体や心も大きくなって、少しずつのびていく。はるさんが大きくなれるよう、あたしはきちんと側にいてあんたの面倒をみるから、好きにやんな」

とうとうとなんということのない様子で語られて、はるは治兵衛を驚いて見返した。

ずっと見透かされていたのか。

そのうえで自分で気づけとうながされていたのか。

側にいて面倒をみるから、好きにやんな。

すごい言葉をぽいっと手渡されてしまった。

「はるさんはさ、自分の作ったもんを食べてるときの、お客さんの嬉しそうな顔が見たいんだろう？　美味しいもんを食べてくれる相手のお腹《なか》をいっぱいにして、気持ちもあったかくしたいのさ。そんなのは、あたしははなから知ってたよ。それだけをまず考えて、楽しくやりな。それでもうちっと背筋をのばしな」

ごめんなさいと言いかけて「ご」と口にしたところで残りをぐっと呑《の》み込んだ。背筋をのばし、治兵衛を見返す。

ふくらはぎのあたりからきゅっと少しだけ縦長になって、目のある位置もわずかに高くなったような気になった。そんなはるを見て、治兵衛が「うん」と小さくうなずいた。

「料理の名前は、湯漬けじゃあなく出汁茶漬けってしたほうがいいよ。湯漬けは自分ちで冷めたご飯で食べるもんだが、この味はよそで食べる味になってるから。どうせもう少ししたら彦三郎が来るんだろうし、そうしたら献立を描《か》いてもらおう。あいつはきっと旨そうないい名前を思いつくさ」

治兵衛の言葉にはるは「はい。ありがとうございます」と頭を下げた。

治兵衛の許しも得られ、はるは残しておいた鶏肉もしっとりと茹でた。これもまたご飯同様、あらかじめ作っておいてもかまわない。葱とわさびは注文がきてから準備をすればいい。

楽しくやりな。

背筋をのばしな。

その言葉が胸に染みこむ。

身構えてがちがちに身体を固くして背を丸くしてはじめるより、楽しく、背筋をのばして料理するのがいいに決まっている。

今日の花川戸は人が少ない。特に『なずな』の周囲はしんとしている。

おかげで、意気揚々と暖簾《のれん》を掲げたのに、『なずな』の暖簾をくぐる者はとんといなかった。

客が来ないものだから、治兵衛とはるはふたりきりで手を動かしながらの、日常話をくり広げる。

「お正月の餅《もち》はどうやって食べたんですか」

はるが尋ねると、治兵衛は煙管《きせる》をふかしながら「あたしんとこは砂糖と醤油《しょうゆ》で焼いた餅を食べてたね」とそう言った。

「お雑煮は澄ましですか。味噌《みそ》ですか」

「今年は澄ましだったたんじゃないか」

まるで他人事《ひとごと》なその言い方が引っかかり、首を傾《かし》げる。はるの様子を見て、治兵衛が言葉を続ける。

「あたしは雑煮が苦手でね。女房のさちがいたときは、のっぺだったから、あたしだけ餅を入れずに食べていたけど」

治兵衛の妻は六年前に病で亡くなったと聞いている。

「のっぺってなんですか」

はるの知らない料理である。

「はるさんでも知らない料理があるんだね。越後《えちご》の料理だ。さちは越後の出身で、だからのっぺと笹寿司《ささずし》があたしのところの正月のご馳走《ちそう》だったんだ。のっぺはね、塩鮭《しおざけ》や里芋や大根や人参《にんじん》を入れた醬油味の汁もので、餅を食べるときは、茹で餅をそのなかに入れて、ととまめ（いくら）を載せていただくんだよ。酒を飲んだあとに飲むと塩気と汁気が胃に沁《し》みて、腹の底からあったまって旨いのさ。あれを食べると、しみじみと正月だなあって思ったもんだ」

治兵衛がどこかくすぐったいみたいな柔らかい笑みを見せてつぶやく。妻の話を治兵衛がしてくれるのは、はじめてだ。

「笹寿司もはるさんは知らないかもしれないね。笹の葉を使った寿司でさ、子どもらもあれが好きだった。笹の葉の香りがぷんとして、緑が綺麗《きれい》で。笹の葉ってのは保存にもいいものだから、遠出をするときの夏場の握り飯なんかも笹で包んで持たせてくれた。女房は、ずいぶんとまめで……。そうか。直二郎の料理好きは、さちに似たんだな」

長男の長一郎はあたしに似てて、直二郎はさちに似てるんだ。長一郎は融通が利かない頑固者で算盤だけが上手《うま》くって、直二郎は人好きがして算盤以外のことはなんでも上手くって。

ふうっと煙管の煙を口から零《こぼ》し、遠くを見つめた治兵衛の側で、はるも、同じに茫《ぼう》洋《よう》とまなざしを遠くへと投げた。見ているのはここではなくて、自分の胸のうち。過去の思い出だ。やるせないけれど、愛《いと》おしくもあるその記憶をこうやって人に語って聞かせることで、心のなかにある穴の輪郭がそっと撫《な》でられ、ぎざぎざの切り口が丸くなる。それを、はるも、知っている。

「子どもらが小さいときは親子みんなで時期になったら笹の葉を取りにいったもんだ。さっと湯がいてから塩漬けにして正月まで笹の葉を緑のままで保《も》たせてさ。あたしが忙しいからって山にいくことがなくなってからも、さちは子どもらとそうやって過ごしてたんだ。季節ごとに山を歩いて、草花を摘んで、ものを作って食べさせて、祭りにいって……」

そういえば笹の葉の樽《たる》もまだ家の蔵においてあるはずだよと、治兵衛がぼんやりと言う。

長一郎は大きくなったらもう笹の葉を摘みになんていかなくなって、だけど直二郎は請われれば一緒についていったのさ。

笹寿司は長一郎の好物でね。

なのに長一郎は手伝いやしないんだ。あたしに似て、かわいげも優しさも足りない男なのさ。

そのかわり直二郎が笹の葉を摘みにいって、母と息子で、その後で賑《にぎ》やかにして樽に仕込んでいたよ。

語りながら、治兵衛は、ずっと『なずな』の片隅に置いたきりの失敗した漬物の樽をちらりと一瞥《いちべつ》する。

「考えてみたら、いろんなもんを捨てそびれてるのは『なずな』だけじゃあなく『中野屋』もだ。参ったね。笹の葉の樽なんて置いといてもどうしようもないってのに。あたしときたら、こうやって話してみたらずいぶんとうじうじとしている。みっともないねぇ」

そういえば治兵衛は長一郎と親子喧嘩《げんか》の最中だと八兵衛たちが言っていた。一緒にご飯を食べもせず、顔を合わせないようにしていると。

考えてみると治兵衛は年の瀬もずっと『なずな』にいてくれた。もしかしたら、親子喧嘩の原因は『なずな』とはるが関《かか》わっているのだろうか。そう思いついたら、不安になった。

けれど治兵衛に「親子喧嘩をしているんですか」とは聞けない。聞いたとしても、はぐらかされるか、怖い顔で「どうでもいいことを聞くんじゃない」と叱《しか》られるのはわかりきっている。

「……だったら、わたしにその笹の葉の樽を売ってください。『なずな』で笹寿司を作らせてください」

なにがどう「だったら」なのか。

けれど、はるはついそう言ってしまった。

いまとても懐かしい顔で語ってくれた笹寿司を、思い出の笹で作って渡したら、治兵衛と長一郎は仲良くそれを食べてくれるかもしれない。

「笹寿司を？」

「もちろんわたしの作ったものはさちさんの作ったものとは違うものにしかならないけれど、それでも、食べることで思いだせることがあるはずですから。わたしもいつもおとっつぁんのこと思いだしてご飯を作って、食べてます。別にみっともなくなんてないです。ないと思います。うじうじしてていいじゃないですか。だって、かけがえのない家族を亡くしたんです。何年たってても、うじうじしてていいんです」

はるの言葉に治兵衛が眉間に深くしわを寄せる。閻魔《えんま》大王よりもっと怖い、凶悪な顔ではるを睨《にら》みつける。

「みっともないものは、みっともないよ。はるさん、あんたはそういうのをやめたほうがいい。間違いなくあんたは駄目な男を作る女だ。うすうすそんな気はしてたけど、あんたの先行きが本当に心配だよあたしは」

「え」

「そのままだと、甲斐性《かいしょう》なしの、情けない男にほだされて、尽くす女になっちまう。危ないね。はるさんには、そういうところがあるんだよ」

「そういうところって……」

「これがあたしだったからよかったけど、彦三郎あたりだったらすぐに図に乗る。甘やかしの餌付《えづ》けをしたら、あれは生涯《しょうがい》あんたについてまわるんだよ。彦三郎はあんたに振られたって言っていたけどさ、本当にそうなのかい。はるさん、ちゃんとあれを振ったのかい。振られたってわりには彦三郎はずっとうちの店に来てるけれど」

「え……あの」

治兵衛のひと言で、あっというまに湿っぽい空気は消え失《う》せた。みっともないとしおれていたのはなんだったのか――残ったのはかくしゃくとした頑固ないつも通りの治兵衛の姿だ。

けれど治兵衛ははるを動揺させた後で「でもまあ、ありがとうよ。はるさんの慰めは、ちゃんと沁みた」とそっぽを向いてつぶやいたのであった。

そうしてやっと昼が過ぎた頃――彦三郎と八兵衛が暖簾をくぐる。

本日、客はそのふたりのみ。昔の『なずな』の閑古鳥《かんこどり》がまたもや店先に戻ってきたかのようだった。

「いらっしゃいませ。おめでとうさん。彦三郎は、鶏湯漬けを食べたって聞いているよ。あの献立を描いておくれ。おまえさんはうち専属絵師なんだろう」

治兵衛は新年の挨拶《あいさつ》もそこそこに、彦三郎をつかまえて、まず用事を言いつける。

「おめでとうございます。今年もどうぞよろしくって……いきなりだねえ治兵衛さん」

「専属絵師なのにとっとと来ないおまえが悪いよ。早く支度して描いておくれ。それで、料理の名前は鶏出汁茶漬けがいいとあたしは思うんだ。湯漬けじゃなくて出汁で食べる料理だからね」

「言われてみればそのとおりだ。わかったよ」

彦三郎が筆と紙を用意して、墨を摺《す》りだす。八兵衛も小上がりに座り、こちらは「とりあえず納豆汁をおくれ」とこめかみをさすりながらうめくように言った。

「鶏出汁茶漬けじゃあないのかい」

治兵衛が言うと、

「二日酔いには納豆汁が効くからな。昨日ここではるさんに酒をふるまってもらってさ、つい気が大きくなってうちに帰って秘蔵の酒を取りだしてどんどん飲んだところまでは覚えてるんだが、その後は記憶がねぇんだよ。気づいたら、彦三郎が横にいて俺《おれ》を揺すぶって起こしにかかって」

と、まだ酒に酔ってでもいるようなむくんだ顔で応じる。

昨日の八兵衛は、熊吉と弥助との凧揚《たこあ》げで河原を走りまわってから、戻って酒を飲んでいた。動きまわったせいで酔いがまわるのも早かったかもしれない。陽気に酒を飲み千鳥足で帰っていった。

「だって土間に転がってるんだから、心配になるだろう。起きてくれてよかったよ」

彦三郎が言う。

「起きるよ。起きるさ。あんなに揺すぶられたら起きるしかねぇ。ああ……頭が痛い。治兵衛さん、あと燗《かん》を一本つけてくれ」

と不機嫌に付け足すあたり、酒飲みというのは懲りないものだ。

「お酒飲んで大丈夫なんですか」

はるが思わずそう聞くと「向かい酒だよ。これをしないと治らねぇ」と八兵衛がうそぶいた。

本当かしらと首を傾《かし》げながら、椎茸《しいたけ》の佃煮《つくだに》を皿に盛って八兵衛へと運ぶはるだった。

さらに少したってから、おっとりと戯作者《げさくしゃ》の冬水夫婦がやって来る。

梅亭《ばいてい》冬水は有名な戯作者で、いつも妻のしげを伴って『なずな』にやって来る。おしどり夫婦とはこういうことをいうのだろうという手本のようなふたりだった。六尺を超える巨軀《きょく》の冬水は独特の威圧感を放っていて、戯作者と言われるより、用心棒と言われたほうが納得がいく風貌《ふうぼう》だ。一方、妻のしげは、歩いていたら道行く人が振り返るくらいの、めっぽう艶《つや》っぽい美人である。

「いらっしゃいませ。あけましておめでとうございます」

はるは、冬水夫婦と八兵衛にお屠蘇をふるまった。

「おめでとう。今年もよろしくね、はるさん」

にこやかな笑顔でしげが言う。

冬水はというと「うむ」とうなずくだけだった。冬水は無口なのである。

しかし――訪れる客はそこでぴたりと止まってしまう。

ちろりに酒をついで八兵衛のために燗をする治兵衛が、

「浅草寺にいった帰りに何人かが寄ってくれるさ。夕方からが本番だ」

とはるに言う。

「はい」

小上がりに腰をおろした彦三郎は、

「その前にいい献立を描かないとならないな。どう描くかなあ、鶏出汁茶漬け。わさびの緑と梅干しの赤が映えるようにして……」

と腕まくりをして考え込んでいる。

手元を覗き込んだしげが、

「新しい献立なのかい」

と彦三郎に声をかけた。

「ああ。そうだよ」

冬水としげは食べることが大好きな夫婦である。ふたりして身を乗りだして彦三郎の筆先を凝視した。

「なんだいそれは、湯漬けなのかい。のっかってるのは梅干しだね。赤いもん」

「そうそう。梅干しに、こっちの緑のがわさびでさ」

絵に色がつくごとに彦三郎が説明する。

「わさびに、それは葱だね」

「ああ」

彦三郎の描く鶏出汁茶漬けは、赤い梅干しと緑のわさびの配色が鮮やかだ。

けれど、ほかほかの湯気が立ち上ってきそうなそれに『さらさら鶏出汁茶漬け』の文字が載ると、冬水が乗りだしていた身体をすっと引っ込めた。

「鶏か」

落胆したような口ぶりであった。

彦三郎は出来上がった絵の墨を乾かしながら、

「旨いよ。出汁の味が効いてて口んなかから腹まで元気になった。はるさんが小さい頃におとっつぁんに喰《く》わせてもらった滋養のある出汁茶漬けさ。腹の底んところからしっかり健康になりそうな味だったぜ」

と冬水に出汁茶漬けを推した。

しかし冬水は「ふぅん」と気乗りのしない相づちを返す。

「うちの亭主は、出汁茶漬けだったら鯛が一番っていう人だからねえ。変わったもんには手が出ない」

しげが言う。

「変わっているから手が出ないというわけじゃあない。鶏というのはね、神の使いとして知られているせいで食べるのを禁じられていた時代が長かった。私はそういうのを知識として覚えているから、頭がね、鶏を拒絶するんだ」

冬水が難しい顔をして唸《うな》っている。

「頭が……ですか」

はるが言う。

「そう。頭が」

冬水があまりにも真顔なものだから、その場のみんなも重々しくうなずきあった。

料理というのは舌だけではなく「頭」でも食べるものなのか。

「じゃあ、しげさんはどうだい？」

彦三郎がしげへと矛先を向ける。

「いきなり出汁茶漬けってのもねえ。ここの出汁が美味しいのは知ってるけどさ、それでも茶漬けならうちでだって食べられるからね。炊きたてのご飯が食べられるってのにわざわざ茶漬けにお金を出す気にはなれないねぇ。しかも鶏の茶漬けって、その字面からしてこう……」

「字なのかい。絵を見てくれよ」

「絵は美味しそうだけど、鶏なんだろう？　いろいろつまんでから考えさせておくれ。それよりは……」

しげが壁に貼《は》りだした他の献立を指で辿《たど》る。

「あんた、鍋《なべ》がいいんじゃないかい。軍鶏鍋《しゃもなべ》があるよ。あんた軍鶏は好きじゃあないか。私は湯豆腐をもらうことにするわ」

「うむ。軍鶏鍋は旨い」

うなずく冬水は口の端を上げて笑顔になった。

「はるさん、軍鶏鍋と湯豆腐をひとつずつね。あと燗をもう一本」

「はい」

しげの注文を聞いて手を動かすが、はるはしゅんと気落ちする。

軍鶏はいいのに鶏は駄目とはどういうことだろう。出汁茶漬けとして食べたことがないからか。

納豆汁を飲み終えて、椎茸の佃煮をつまみに燗酒を飲んでいた八兵衛が「俺も湯豆腐」とはるに言う。

「八っつぁん、鶏出汁茶漬けじゃないのかい。昨日は旨いって言ってたじゃないか」

彦三郎は乾いた献立の絵を壁に貼り、八兵衛に聞いた。

「旨いは旨いけど毎日はいいや」

と八兵衛が頭を掻《か》く。

鶏出汁茶漬けの味わいは八兵衛の今日の気分ではなかったらしい。

「八っつぁんもしげさんも正直だ。飽きの来ない味じゃああるけど白い炊きたてのおまんまがあるのにわざわざ毎日出汁茶漬けにしたいっていう客は少ないだろう。それはそれでひとつ勉強になったからいいじゃあないか」

横で治兵衛が、はるにだけ聞こえるくらいの小声でつぶやいた。

「はい」

軍鶏鍋と湯豆腐を作り、冬水夫婦へと運ぶ。献立を描いて壁に貼った後も、彦三郎はまた小上がりに戻り紙に絵を描いている。摺った墨があまったからなんとなく描いているのだろう。

覗き込むと、さらさらと筆が走って、すらりとした立ち姿の男性の姿が紙の上に立ち上がる。

長身の背に、長い手足。

すっとした目元が書き足された瞬間、はるはその絵から目が離せなくなる。

「兄ちゃん……ですよね」

粋《いき》な縞《しま》の着物の裾《すそ》をからげて着こなした兄は、生き生きとしていて、いまにも口を開いて「はる」と笑いかけてくれそうだ。

「ああ。はるさんの兄さんだ。あちこち捜してまわるにも限りもあるし、あとで浅草寺の迷子の標《しるべ》に貼ってこようと思ってさ」

浅草寺仁王門手前、向かって左側に石標が立っている。背の高い石には力強い文字で「南無大慈悲観世音菩薩《かんぜおんぼさつ》まよひこのしるべ」と記されており、左側面に探している人が貼り紙をする。迷子や尋ね人の人相や特徴などを書いた紙を貼り、情報をくださいと願っている。右側面には迷子を預かっている側が、その子や人の特徴と共に「うちにいます」と伝える紙を貼付《ちょうふ》する。

探し人や迷子の情報を交換するための標なのである。

「先にはるさんに渡した絵では普通の町人風の髷《まげ》にして描いて渡したが、こっちでもいいのかもしれないなって。笠《かさ》に隠れてよくは見えなかったんだが……先に描いたのとは髷の形を変えてみたんだ。俺《おれ》の見たのは笠をかぶった姿だったから、ちらっと見えたいい男の顔立ちしか描けてなかった」

歌舞伎《かぶき》の役者絵を何枚も描いていたときに、そういえばと思ったんだよと彦三郎が続ける。

「似姿ってのは、髪の結い方ひとつでずいぶんと印象が変わるもんだ。こっちの髷でもよかったんじゃないかなってさ」

髷に結った毛先が、はらりと散らされ上を向いている。はるには見慣れないその髷が、いかにも江戸っ子らしく小粋でいなせな様子に見える。

「彦三郎、おまえね、その結い方はまずいんじゃあないかい」

治兵衛が口を曲げ、彦三郎は首をすくめた。

「ちらっと見ただけだからどんな髷だったかまではわからない。それでもさ。これがしっくりくるような色男だったぜ」

そのままふたりは押し黙る。奥歯になにかが挟まってでもいるかのような言い方をして、ふたりで顔を見合わせる様子にはるは首を傾げて聞いた。

「この髷がどうかしたんですか？　うちの村ではこんな結い方をしている人はいなか

ったけれど、江戸の流行なんでしょうか」

「わざと上に散らして結ってるこの髷はさ、無頼の連中がよくやっているんだよ。堅気じゃあないのかもしれないねってことさ。彦三郎ときたら人んちの兄貴をつかまえて、とんでもねぇことをふかしやがるぜ」

八兵衛が言った。

けれど、はるは素直な気持ちで彦三郎の絵と言葉を受け止めた。

「それは……覚悟しています」

ぽろりと言葉が零れ落ちる。

その場にいたみんながはるのことをはっとした顔で見つめている。

「ずっと田舎でなにも知らずに過ごしてきましたが、さすがにわたしもそこまで世間知らずではないんです」

はるを親戚《しんせき》に預け、行方をくらました兄である。

まっとうに生きていたのなら、藪入《やぶい》りの里帰りで顔を見せてくれたはずだ。飛脚に頼むのにも金がいるから頻繁に文《ふみ》を書くのは無理だとしても、一度くらいは文だって出せた。まったく音信不通になったということは、兄はとうにこの世にいないか、そうじゃなければ後ろ暗い生き方をしているのかもと、はるはずっと思っていたのである。

「江戸に兄ちゃんがいるって知って彦三郎さんに連れてきてもらって……いろいろとわたしなりに考えました。わたしに渡してくれたのは金でした。銀でも銭でもなかったから……」

普通に暮らしている町民には、金なんて、手に入らない。

それに、なにより兄は、はるとは会おうとしなかったのだ。彦三郎に金一両を託して、自分は来ようとしなかった。

「会ったら、わたしに迷惑がかかると思うような暮らしをしているってことなのかなって、江戸に来てからずっと思っています。でも、会おうとしないのは、きっとわたしのことを守るためなんだってのもわかるんです。兄ちゃんはそういう人でした」

はるとひとつしか違わないのに、はるがいたばっかりに、子どもでいられる時間が短かったそんな兄だ。

「いつでもわたしを守ってくれようとしてた。わたしよりちょっと先に生まれたっていうそれだけで、駆け足でどんどん大人になろうとしてくれていた。昔は気づかなかったことだけど、いま思いだすと、兄ちゃんがあんまりにもけなげで必死で優しくて、胸のここんとこがぎゅうっと痛くなる」

はるは胸元を右手でそっと押さえる。

はるのためにたぶん鶏を盗んできたであろう兄と、それに気づいて謝罪にいった父親と。そんな記憶は、他にもたくさん掘り返すことができるのだ。

「兄ちゃんは悪いことはしているかもしれない。でも本当の悪人にはなれない人です。わたしは妹で、小さなときからずっと兄ちゃんに守られてたから、それだけはわかるんです」

「そうかい。まあなんにせよ、見つかるといいね。兄さんが、どんなふうになってるかは、見つかってから悩めばいいことさ」

彦三郎があっさりとそう言った。

「彦三郎ときたらまたそんな安請け合いを」

治兵衛の眉間にしわが寄る。

「だって見つかりもしないうちから、悩んだって仕方がないじゃないか。あとで俺がちょっくら浅草寺にいってこいつを貼ってきてやるよ」

彦三郎は似姿の横に「尋ね人　寅吉　花川戸『一膳茶屋なずな』はるにお知らせください」とさらさらと筆を走らせた。

「ありがとうございます。わたしが自分で貼ってきます」

「そうかい？　たしかに俺が貼るより、はるさんが貼ったほうがご利益もありそうだもんな。じゃあ、願掛けがてら浅草寺を拝んでくるといい。それまでは、ここの壁に貼っておくか」

「おい。献立の横に、はるさんの兄さんを貼るんじゃあないよ」

「いや、治兵衛さん。これでいいだろ。みんな献立を見るからさ、ついでに目に入ってくるじゃあないか。目立つところに貼ってこそだ」

そのまま治兵衛と彦三郎がいつものように口論をはじめるのを聞き、八兵衛が床几《しょうぎ》に片膝《かたひざ》を立てて座り、にやにやしている。

「よっ、もっとやれ」

「待って。八兵衛さん、止めないんですか」

「もっと派手な喧嘩のほうがおもしろいじゃねぇか」

「そのふたりは派手な喧嘩なんてしたことないじゃない。けしかけたって、無駄よ、無駄」

ひらひらと片手を振ってしげが笑う。

「もう。しげさんまでそんなことを」

やりあう治兵衛と彦三郎から、八兵衛たちの興味はすぐにそれる。いつでも言い争っているものだから、止める気はないのだ。

八兵衛やしげは壁に貼られた寅吉の絵に顔を向ける。

「まあ、いつもの喧嘩はどうあれ、この顔だったら髷がどうであれ、気づくわな。俺はあちこちの賭場《とば》にも出入りしてるけどさ……こんな色男には会ったことねぇな」

「まめに捜しておくれよ、八っつぁん」

はるより先に、しげが八兵衛に念を押す。

八兵衛が「わかったよ」とうなずいた。

八兵衛は後ろ暗い場所にも出入りするし、顔が利く。

「お願いします」

とはるがあらためて頭を下げる。

そのとき、戸が勢いよく開いた。

どすどすと足音をさせて入ってきたのは、恰幅《かっぷく》のいい大柄の男性である。

総髪で、なにもかもを極太の筆で書きしるしたかのような面相をしている。くっきりとした目鼻立ちに、厚い唇。立派な太い眉《まゆ》。しかも妙に険しく、目つきが鋭く尖《とが》っている。頬《ほお》がそげ、目の下にはどす黒いくまが浮かび、不健康きわまりない。

はじめて『なずな』に来る客だった。

「いらっしゃいませ」

といいうはるの声に軽くうなずき、空いている床几にどすんと座るなり、

「かしわの飯を食わせてくれるか」

大声でそう言った。

八兵衛がちらりと男を見やる。

「かしわ……ですか？　柏餅《かしわもち》のことでしょうか。うちは菓子屋じゃあないから扱っていませんが、菓子屋なら広小路のほうを西に向かった先に……」

面食らって、はるは前掛けで手を拭《ふ》いて、道案内をしようと片手を掲げた。

「柏餅じゃあなか。かしわじゃあ」

と男が返す。

「はい……？」

「ここで、かしわを食べさせてくれると、笹本さまに聞いたんじゃ。二本差しの、花やら木やらに詳しいお優しいお武家さまが、この店なら食べられるかもしれんて教えてくれた」

笹本は御薬園勤めの同心だ。『なずな』の料理を気に入って、店を訪れてくれる大事な客だ。

「かしわ……ですか？　ごめんなさい。不勉強で、それがいったいどういうものなのかをわたしはわかっておりません。笹本さまがうちにあるって言ってくださったなら、きっとうちにある料理なんでしょうけれど」

困惑し、はるは治兵衛と顔を見合わせた。

「ああ、こっちでは、かしわとは呼ばんじゃったか。鶏じゃ」

どこの地方のものなのか、江戸では聞き慣れぬなまりがあった。大坂のものともまた違う。

「鶏……」

「納豆汁にかしわを入れとると聞いてきた。おいの故郷では鶏のことをかしわって呼びよる。西んほうでは、それで通じるんじゃが。あんたが鶏をうまく料理できるっていう、ここのおなごの子か。はるさんという名前のおなごしじゃと聞いたが」

男が立ち上がり、はるへと足を進める。

「はい」

声も大きいが、ひとつひとつの所作も大きい。ぎろりと剝《む》いた目も大きくて、詰め寄られると、はるは思わず後ずさってしまう。はるににじり寄る男の勢いがすごすぎて、彦三郎が慌てたようにしてはると男のあいだに割って入った。

「それなら納豆汁に入ってる。入っているが、まあ、まずもう一回座ってくれ。はるさんは逃げやしないから」

床几を引き寄せて、彦三郎が男に勧める。男は「ああ」とうなずいて、どすんと座り込み、その場にいる全員の顔を見回した。

「それでな、その納豆汁の、納豆抜きを食べさせてもらえないじゃろうか」

不思議なことを言うと、はるはさすがに目を丸くする。納豆汁から納豆を抜いたら、それは納豆汁ではなくなってしまうではないか。

「はい？」

首を傾げて聞き返した。

なんの冗談かと思ったが、相手は真面目《まじめ》な顔である。

「つまり細かく叩《たた》いた鶏肉の汁物を作れということでしょうか。でしたらちょうど鶏があるので、鶏団子で鍋にすることができますよ。少しお時間をいただいてしまいますが、味噌仕立てでもいいし、出汁を活《い》かした塩味で野菜をたんと入れて作ったものも美味しく召し上がれると思います」

「いや、鍋じゃなくていい。汁にしてくれて、それを白米にどーんとかけてかき込んで食べたいんじゃ。頼む。頼むから作ってくれ」

男は深々と頭を下げたのだった。

まず生姜湯《しょうがゆ》をすすめて、みんなで男の話を聞くことになった。八兵衛としげはとにかく騒動が好きだし、冬水先生も本音のところは事件や騒ぎは大好きだ。口を挟むことはほぼないが、戯作者なのであらゆることを物語の糧として興味深げに聞いている。

男は竹之内勝俊《たけのうちかつとし》と名乗った。

竹之内は、本草学を学ぶ学者で、江戸に来てやっとひと月が経《た》ったばかりなのだそうだ。長崎で著名な蘭学者《らんがくしゃ》たちと切磋琢磨《せっさたくま》しながら学んでいたが、いつしか座業だけでは物足りないと思いはじめ、植物の採集がてらの旅をはじめた。ふらふらと放浪しながらも辿りついたのが江戸である。

最初はそこまで不自由を感じることもなかったが、師走《しわす》の半ばを過ぎたあたりから、自分は江戸には向いていないと感じはじめるようになったとは竹之内の弁だ。

「向いてないとはどういう意味だい？」

八兵衛がそう聞いた。

「江戸は、おいには寒すぎる」

「そうは言っても出島《でじま》も冬は寒いでしょう」

治兵衛がちろりを竹之内に運びながら、首を傾げる。

「ここまでは寒くなかった。それにこれという師となるべき人もおらんと。むなしゅうてしょうがなくて、胸んなかまで冷たい風が吹いとうよ」

ぼそりと告げる竹之内に、八兵衛が「だったら出島に帰んな」ときつく言う。江戸をけなされて、気分が悪くなったのだろう。

「それは嫌じゃ。故郷を出た以上は、ひとまわり大きゅうなって、これぞという成果をあげて戻りたい。たったひと月、ふた月で、帰るなんてみっともない真似《まね》はできんと。蘭学で一番すごいのは長崎出島で、わざわざ江戸に出ることなんてなかとまわりに言われたのを、武者修行たいって胸を張って出てきたと。なんにも成さずには帰れない」

帰れと言われ、竹之内も声を荒らげる。しかし言い張る声は大きいが、語る竹之内の背中は丸い。

はるは無言で火鉢を竹之内の近くへと動かした。

江戸の冬が寒いと言ってうなだれている彼の身体をあたためてやりたいと思ったのだ。大きな身体を縮こまらせている竹之内のことがかわいそうに思えた。

くまの浮き出た目元にそげた頰。彼が疲弊しているのはその面相だけで伝わってくる。

それに竹之内の気持ちが、はるにはなんとなくわかる気がした。寒さと、ひもじさは、人の心を弱くする。普段なら気にならないことまで、気になってしまう。必要以上に、物事すべてがつらくなる。

意気揚々と故郷を出て、まわりの者に見得《みえ》を切って出てきたなればこそ、なにも成さずには帰れまい。

「じゃあ江戸に文句を言わずにこの寒さに身体を慣らしやがれ」

八兵衛がそっけなく鼻を鳴らすと、竹之内は今度は「そのとおりたい」と肩を落とした。

「そう思って我慢しようと思うとったが……夜もよう眠れんようになってな」

「本草学の学者さんなら、そんなときに薬草を飲めばいいじゃねぇか。すいっと眠れるようになる薬草や、風邪に効く薬草なんて、いくらでもありそうなもんだ。俺は学もねぇから知らねぇけどよ」

八兵衛はどこまでも容赦がない。言われた竹之内は「そうなんじゃけどなあ」と小声になった。

「効かないんじゃ。眠れるはずの薬草もまったく効かず、いつまでもらんらんと目が冴《さ》えて、考えなくてもいいことまで考えてしまう。夜が寒くて骨まで凍えそうで、情けなくて、もうなんとも言えん気持ちになって……」

そんな明け方に布団のなかで震えながら、竹之内は、あったかいものが食べたいとしみじみとそう思ったのだという。

「あったかいもんを思い浮かべて、朝になったらいの一番にそれを食べようと決めたらちょっと気持ちが軽くなった。ちろりの熱燗も旨いじゃろうが、焼酎《しょうちゅう》を湯で割ったやつが一等旨い。それが飲みたいと思ったが、どこにいってもおいが欲しい焼酎は見つからなかった」

八兵衛がちっと舌を打つ。

「見つからないはずねぇだろ。江戸にはなんでもある。てめぇの探し方が悪いんだ」

「なんでもは、ないだろう」

彦三郎が暢気《のんき》に言うと、八兵衛は彦三郎のことも睨みつけた。

「おまえどっちの味方だい」

「どっちもこっちもないよ」

しかし竹之内は、八兵衛の言葉にうなずいた。

「そうじゃ。きっとおいの探し方が悪いんじゃ。じゃどん見つからんもんな仕方なか。そう思おうとした」

けれど、一度思い浮かべたら、もう駄目だった。

懐かしいけれど、いまは食べられない、いろんな味が恋しくてたまらなくなった。

「里心がつくて、こういうことなんじゃとわかったと。そんなかで、なにより食べたいと思ったのが、かしわ飯じゃ」

鶏肉を使ったご飯が脳裏から離れず、昨年末に江戸中を探してまわったのだという。

「かしわの肉は、おいにとっては故郷の味でおふくろの味じゃあ。あれを食べたら元気になれる気がしてな。ももんじ屋にもいってみたが、ああいうんじゃあないとよ。甘辛く炊いた鍋とは違うもんたい。軍鶏鍋を教えてくれる人もおったが、それとも違う。鴨《かも》も違うし、雉《きじ》も違う。おいの食べたいのは、かしわを使った飯なんじゃ」

「だったら、帰れ。とっとと帰ってそのかしわ飯とやらを好きなだけ故郷で喰いな!」

しっしっと追い払うかのように片手を振った八兵衛に、竹之内が言い返す。

「まだ帰れん。それだけは心に決めとる。いま帰ったら、おいは、江戸に負けたことになる」

八兵衛が「ああん?」と凄《すご》み、彦三郎が「だから勝ち負けじゃあないだろう」と眉を下げた。

治兵衛や冬水は、ただ黙って聞いている。険しい顔つきはいつもどおりだから、治兵衛がなにを思っているのかは端からはわからない。冬水のほうは目の奥がきらきらと輝いてわずかに腰を浮かしたから、話の続きが気になるのだろう。しげは男ではなく冬水の顔を見て、しょうがないねというように笑っていた。

「おまえ江戸に喧嘩売ってんのか。はっ倒すぞ！」

がたりと音をさせて立ち上がる八兵衛をしげが「まあまあ。もうちょっとその、かしわ飯っていうものについて話を聞かせてもらおうじゃないの」と宥《なだ》める。

「だけどさっきからこいつは江戸が悪いみたいな言い方じゃねぇか。気にくわねぇな。江戸に負けたことになるって？　そのとおりだ。てめぇは江戸に負けたんだ。負けっぱなしで尻尾《しっぽ》を巻いて帰りやがれ」

鼻息が荒い八兵衛に、はるは「そんな言い方はしないでください」と声をあげた。

「ああ？　はるさんもこいつの味方なのかい」

きりっと目をつり上げ鼻息荒くすごまれる。たじたじとなりながら、はるは、けれど八兵衛ではなく竹之内に味方した。

「……ごめんなさい。でも、そうです」

「はあ？　なんでだい」

八兵衛が顔をしかめた。

「わたしもちょっとだけ似ています。どれだけ恋しくなったとしても、わたしは故郷にはもう帰れない。わたしの居場所は村にはもうないから」

はるが戻ったらそのぶんみんなの食い扶持《ぶち》が減る。いたって邪魔になるだけだ。だから二度と戻ることはないと決めて、江戸に来た。

「わたしには『なずな』の皆さんがいて、元気づけられて過ごしてますけど……そういう人が側に誰もいなかったらきっと故郷が恋しくなると思います。それに、たぶん、竹之内さんと江戸との勝負じゃないんですよね。竹之内さんがやっているのは自分自身との勝負なんですよね」

いまの竹之内の面相は、もしかしたら、はるがそうなっていたかもしれない姿に思える。治兵衛も彦三郎も――長屋と『なずな』で巡り会えたみんなが側にいなければ、はるだってきっとやつれ、病んでいたに違いない。

「そうたい。おいの戻る場所ももうない。あんたの言うとおりたい。おいは故郷が恋しい。恋しいが帰れない」

竹之内がはるの言葉に我が意を得たりというように、うなずいた。彼には彼で、決めた覚悟と事情があるのだろう。

「せめて故郷の食べ物を食べたいって、そういうときありますよね」

はるが竹之内を見る。竹之内がさらにうなずく。

「故郷の味というより、おいの食べたいのは〝家の味〟なんじゃ。だからよけいに江戸では見つかりそうにない」

竹之内の気持ちは、はるにはわかりすぎるくらいわかるのだ。だってはるの料理はどれもこれも、かつての記憶の味を「食べたい」と思いだしながら作るものだから。ぬか漬けや梅干しは、村で暮らした叔父や叔母と甥《おい》っ子との思い出の味だ。そしてはるの作る料理はどれもこれも幼いはるに父が教えてくれた味だ。自分の大好きで大切だったみんなの記憶がはるの胸を切なく甘やかす。

「そうたい。ついてしまった里心をどうにかしたくて、いろんな人にかしわの料理が食べられる店はなかかと尋ねたら、笹本さまが、もしかしたらって、この店を教えてくれたとよ」

笹本は『なずな』なら、鶏の肉を扱っていると教えてくれた。

はるという女性がいて、彼女の作る納豆汁に細かく刻んだ鶏が入っていてそれがとても美味しいのだと熱心に語ってくれた。

「おいの食べたいかしわの飯は、かしわの肉を飯の上に載っけて汁をばしゃっとかけて食うもんたい。うちだけの味なんじゃ。甘辛く煮込んだもんじゃなかとよ。『なずな』では、かしわの肉を扱ってくれると聞いてきた。それが納豆と汁になっているんじゃろう。それを、味噌じゃのうて、塩で味付けをして、納豆を抜いたそれを白い飯にじゃばっとかけてくれたらそれでいいとよ。そういうんが食べたいんじゃ。頼む‼」

膝の上に拳《こぶし》を置いて、はるに向かって深々と頭を下げる。

すべてを聞き終えて、はるは少し考えてから「はい。やってみます」とうなずいた。竹之内がなにに負けたくないかが、はるには理解ができてしまったから、うなずくしかなかったのだ。

故郷に帰れないと思う人に、帰れないまま故郷と家を思う味を作って、食べてもらう。

それははるにとってもやりがいのある仕事である。

「ちょうど、今日、鶏肉を仕入れております」

はるは壁に貼った献立のひとつを、とんっと指で軽く叩いて見せた。

鶏肉を湯がいたものはできている。ご飯もとっくに炊いてある。

納豆汁から納豆を抜いて、味噌ではなく塩で味をつけ、白いご飯にがばりとかける。今日の『なずな』はその献立を言われたとおりに竹之内に食べさせることができるのだ。

だが、竹之内は献立を見て首を傾げた。

「さらさら鶏出汁茶漬け？　おいが言ってるもんとは違うけど、似とるかもしれん。こんな献立、よそでは見なかった」

「はい。『なずな』の新作ですから」

新作だけれど今日はまだ誰も食べてはくれない献立だ。

はるは背中を丸めそうになったが、治兵衛に言われた言葉を思いだし、慌てて胸を張ってみせた。

美味しいのだから自信を持って、勧めなくては。

「けど、出汁っちゅーのは、かしわで取った出汁か？」

「いえ、出汁は昆布《こんぶ》と鰹節《かつおぶし》で取っております」

「それじゃあ、かしわの味がしなかと」

「でも鶏の肉を茹でておりますし」

「すまん。わがままを言うとるのは自分でもわかっている。でも、できたら、かしわの骨で取った出汁を飯にどばあっとぶっかけて、食べたいんじゃ。待つのはいつまでも待てるから、できたらそうやって作ってくれないじゃろうか」

竹之内に言われ、はるは目を丸くした。鶏で取った出汁をご飯にかける。ずいぶんと大胆な料理だとはるは思う。

だが、考えてみれば軍鶏鍋の出汁は軍鶏の骨で取ったものを使って仕立てている。鰹で取った出汁では、甘辛い味と軍鶏の肉や内臓に負けてしまうから、軍鶏や鶏の骨で取った出汁を使う。

「あ」

そういうことか、とはるは思った。

はるの父が作った鶏出汁茶漬けは、鶏骨の出汁で作ったものだったのだ。

どうして自分ひとりでそこに辿りつけなかったのか。湯漬けに使う出汁は昆布と鰹節だと勝手に決め込んでいた。まだたったふた月しか包丁を握っていないというのに、いつのまにか狭い範囲の、自分の常識にあわせて料理をとらえるようになってしまっていた。

父の作った鶏湯漬けは、鶏出汁で作ったものだからこそ、わさびも梅干しも活《い》かされて、引き立てあって旨味につながっていたのである。

はるに食べさせるお粥《かゆ》だけは脂を控えるために鶏の出汁は使わずに炊いた。そして自分たちの湯漬けはじっくり煮込んで鶏の出汁を使って作った。一口だけもらった湯漬けの味がしっかりと濃く感じられたのは、そういうことだ。それも含めて「はるには早い」大人の味だったのだ。

そういえば、と、はるは、鶏出汁茶漬けを試しに食べてくれたみんなの言葉と表情を、ひとつひとつ思い返した。この出汁茶漬けなら鯛で食べたいという言葉。出汁が贅沢《ぜいたく》だとも言われた気がする。鶏は臭みがなくて思っていたよりずっと美味しいと言ってもらえた。どれもこれも鰹節の出汁と鶏の肉がうまく釣り合っていないということを告げていた。なんで気づかなかったのだろう。美味しいという言葉だけではなく、ひとつひとつの感想の意味を受け取って、料理の味をもっときちんと組み立て直すべきだったのだ。

「できます。軍鶏鍋用に昆布と軍鶏と鶏の骨で出汁を作っておりますので、それを使いましょう」

血合いを洗って臭みを抜いて丁寧に取った出汁である。塩を足して、ご飯にかけて食べたなら「鶏が好きな人」にとってはとびきり美味しいものに仕上がるだろう。強くてこってりと濃い大人の味になるに違いない。

「できたら干し椎茸に卵を焼いて細く切ったのも、載っけて欲しいんじゃが」

「干し椎茸をいまから戻して煮込むのはできないですが椎茸の佃煮があります。それをちょっとだけ添えますすね。卵は、錦糸卵《きんしたまご》にします。あとは長葱と胡麻《ごま》……が合うでしょうか」

竹之内が「うんうん」と何度も深くうなずいて、はるはまず錦糸卵を作りはじめた。

そのままてきぱきと竈《かまど》で立ち働く。治兵衛をはじめとして、その場にいるみんながはるの手元に注目している。薄く焼いた黄色い卵を細めに切って小脇によけ、軍鶏の出汁を小鍋にとって煮立ててさっと塩で味を整えてしまえば、あとはもうあっというまに言われたものができあがる。

器に盛った冷や飯の上に茹でた鶏を割いて載せ、椎茸の佃煮と錦糸卵を添える。長葱を刻んではらりと散らし、胡麻もひとふり。そこに熱々の軍鶏出汁をじゅっとかける。

わさびも摺りたいところだが、竹之内はわさびには言及しなかったから、省くことにした。

膳《ぜん》に仕立てて竹之内のもとに運ぶと、竹之内が目を見開き、

「これよ」

とつぶやいた。

「いただきます」

響き渡る声でそう言って、箸を手にとってむしゃぶりつくようにして茶碗に口をつける。

「ああ……これじゃ。この味じゃ。これが我が家のかしわ飯じゃ。懐かしいのう」

再び今度はうめくようにしてつぶやいて、陶酔したように目を閉じた。

あとは無言で鶏飯をすする。

ずるずると盛大に音をさせてかき込んでいく様子が、見ていて小気味いい。空気ごとすべて食べ尽くしたとでもいうかのように、箸を動かし、仰《あお》のいて茶碗のなかの出汁の一滴も残さずに飲み干して、

「うめぇ。ごちそうさん」

と、はるを見た。

「思っていた味になっていましたか」

はるがかしこまって竹之内に尋ねると、

「ああ。ちぃと違うところもあったが旨さは同じじゃ。故郷の味でおふくろの味じゃった」

竹之内が応じた。

だけどきっと、ちょっと寂しい味なのだと、はるは思う。

まだ帰れないと竹之内が言っていたから。帰れない場所の思い出の味はどれだけ美味しくても、少し切なく、ほろ苦い。大事な味であればあるだけ、胸がきゅうっと切なく痛む。

それでも、きしむ胸の痛みごと味わって食べて、元気にならなくてはならないのだ。

はるたちは——大人だから。

それはもう、はるだって、わかっている。

「がんばれそうですか」

はるがそっと尋ねる。

竹之内がどんぐり眼《まなこ》をかっと見開いて「がんばれそうとかじゃあなく、おいはがんばらないとならん」ときっぱりと言い切った。

「これを食べたら、江戸に勝てそうですか？」

「ああ。勝たねば帰れんからな」

「よかったです。わたしもです。江戸に勝つんじゃなく自分に負けたくない。同じですね」

どうしてそんなことを言ってしまったのか。

口に出してからはっとしてまわりを見る。かっと頰が火照って熱くなる。

治兵衛が傍らでふっと小さく息をつき、口の端を上げて微笑《ほほえ》んだのがちらりと見えた。

「なんだ。しゃんとできるじゃあないか、はるさん」

治兵衛のつぶやきに、はるは「あの……はい」としどろもどろになって、けれど「ごめんなさい」だけはいまは治兵衛に言えないのだとそれだけは思っていた。意固地になって、ひとりでひとつくらいは成し遂げたい。しゃんとして背筋をのばして『なずな』の竈の前に立っていたい。

竹之内がはるを見る。はるのなかになにを感じ取ったのか、竹之内がにっと笑った。

「また里心がついたら、かしわ飯を作ってくれるじゃろうか」

「もちろんです」

好みがあるからいつでも出せる料理ではないのも、毎日食べたい味でもないのは、八兵衛やしげの反応で理解した。

それでも、求める人がひとりでもいてくれるなら、しばらくこの料理を出していきたい。

「そのかわり、よかったら他の故郷の味が恋しい人にも宣伝しておいてください。たぶん鶏はまいにちたくさんは仕入れられません。でも納豆汁の時期なら、ちょっとだけ、竹之内さんのかしわ飯のために鶏の肉を取り置いておくことはできますから。手配してくれって事前におっしゃっていただけるなら、作れるように数をあわせて仕入れます」

それならばいまの『なずな』にもできるはずだ。

ちらりと治兵衛を見ると、治兵衛は「うん」と軽くうなずいてくれた。はるの咄嗟《とっさ》の判断を、治兵衛も受け止めてくれたようである。

「鶏出汁茶漬けっていわれると腰が引けるけど、かしわ飯って言われると、興味が湧《わ》くのはこれってなんでなのかしらね。名前ってのは大切なもんね。かしわは、柏餅みたいで、ちょっと景気がよく聞こえるし、美味しそうで」

しげがつぶやく。

「しかも、つられて食べたくなる食べっぷりだったからね。はるさん、こっちにもひとつそのかしわ飯をちょうだい。あんたも、一口だけだったら食べるだろ？」

「うむ」

話しかけられた冬水がうなずいた。

治兵衛が無言で壁に貼っていた『さらさら鶏出汁茶漬け』の献立を引き剝《は》がし告げる。

「たしかに、名前が違うと不思議と印象も違うね。その名前をいただこう。竹之内さんには、いいことを教えていただいた。竹之内さん、今日のところのかしわ飯のお代はいらないよ」

「え、いいのか」

「ええ。ただし、他のものを注文するのはまた別ですよ。あんたのその体格だ。かしわ飯だけじゃあ腹いっぱいになっていないんじゃあないですか。軍鶏鍋も、湯豆腐も、納豆汁だってある。他にもなにか注文があるなら言ってください。うちの料理は美味しいんだ。ねぇ、はるさん？」

「はいっ」

　はるは元気に返事をする。『なずな』のご飯はどれも美味しいのだと胸を張って言おうと思う。

「彦、食べたら、かしわ飯の献立の絵を描いてくれ。おまえさんうちの専属絵師なんだから」

「わかったよ」

彦三郎が腕まくりをした。

と――竹之内が献立の紙が剝がされた壁を見て「おや」と目を細めた。

「なにか気になる献立がありましたか」

はるが笑顔で問いかける。が、竹之内が指さしたのは献立の絵ではなく、はるの兄、寅吉の似姿だった。

「いや、見たことがある人のような気がしてな。じゃが髷の形は違うとるし人違いかも」

「見たことがあるって、どこでですか」

「出島じゃ。長崎でじゃ」

「な、長崎……？」

「シーボルトさんと一緒におったところを一度見かけたんじゃ。すっきりとした色男やったでよう覚えちょる。蘭学を学んじょる仲間じゃあなかったで、別ん方面ん知り合いじゃろうち思うたまま、話しかくっこともなかったばってん」

思いもかけぬ言葉に、はるは絶句してしまったのであった。

竹之内から兄のことを聞きだそうにも「長崎のシーボルトさんと一緒にいたのを見た気がする」以上のことはまったくわからないままだった。行方知れずになった経緯と、はるが兄を捜しているということを伝えると、竹之内は「遠目で一度見ただけじゃっで人違いかもしれん」と言った。どちらにしろ出島にまだいる友達にこの似姿を送り届け、聞いてみてくれるということになった。

壁から引き剝がされた兄の似姿は、そのまま竹之内の手元に渡ったのである。

竹之内が店を出ていって夕方から夜にかけて客はそこそこやって来てくれた。馴染《なじ》みの長屋の客と、振りの客との半々だ。

「かしわ飯ってのはなんだい」

という問いかけには「ご飯の上にいろんな具を載せて、熱くて美味しい滋養たっぷりの出汁をかけてかき込む料理です」と説明すると、何人かが興味を惹《ひ》かれたのか頼んでくれた。

鶏と言われると頼まないが、かしわと名付けられただけで頼みたくなるものらしい。名前というのは大事なものだ。

食べた客たちのなかには「腹にくる味だぜ」と気に入って、一心不乱に食べてくれた者もいる。美味しそうに食べてくれる顔が、はるを勇気づけてくれた。

しかしそんな日常の一方で「寅吉兄さんが出島にいてシーボルトさんとかいう有名な外国の人のところに出入りしているかもしれない」という思いが、はるの頭の片隅にどすんと居座って一日が終わる。ふと手があくと「出島って」「シーボルトさんって誰のこと」と、はるの眉間にしわが寄る。

それでももちろんちゃんと料理を作り、お客さまに出して一日を終えたのだけれど。

夜になり、客がみんないなくなり暖簾をおろした夜の『なずな』の店先。はるは、器を片付け、明日の出汁の用意をし、米を研いで水を吸わせる。やることはたくさんあるし、残ってしまった鶏肉とおひつのご飯を器に入れて熊吉のところに持っていかねばならない。

ぱたぱたと立ち働くはるを見て、治兵衛も床几に座り腕組みをしている。

「人違いってこともあるから、出島に似た人がいるらしいからって、はるさんひとりで出島に捜しにいけるもんじゃあないと思うよ」

渋い顔をして治兵衛が言った。

「わかっています」

「竹之内さんからの文《ふみ》の返事を待ちなさい。もしも、本当に兄さんだっていうことになったら、そのときは女ひとりでそんな旅路に出せるもんじゃあない。一緒につれていってくれる信頼できる人を見繕って、きちんと路銀も用意する。どちらにしろ竹之内さんが友達に出してくれるという文が帰ってくるのを待つしかないよ。あたしもこれで顔は広いんだ。あたしはあたしで、つてを頼って向こうに、はるさんの兄さんの似姿をやって人捜しをしてもらおう。その返事がきてから考えるのでも遅くない」

「そこまでしていただくわけには。もう十分いろいろと親切にしていただいているのに」

「金を出すのは親切のなかでは一番楽な行いさ。有り金全部渡すわけじゃないし、できるところまでしかやらないから、そこは気にしなくていいよ。それに人違いかもしれないって竹之内さんもおっしゃっていたじゃないか」

「はい。ただ……驚いてしまって」

驚いてしまってと、それだけをくり返し続けるはるに、彦三郎が「大丈夫かい」と心配そうに聞いてきた。

「大丈夫です。でも」

驚いてしまってと、やはり同じ言葉を彦三郎にも返すはるだった。

江戸ですら遠いと思っていたのに、兄は出島にいるというのか。どうしてそんなところにいて、いったいなにをしているのか。いや、そもそも本当にそれは寅吉なのか。

「なんだか、なにをどうしたらいいのか正直なところわからないんです。だからせめて手を動かして、やらなきゃいけないことをしていようかなって」

とりあえず今夜は熊ちゃんのところにご飯をお重に詰めて、出汁も蓋《ふた》つきの容器に入れて、持っていって——後のことはまた明日考えます。

はるがそう言うと、

「そうかい」

治兵衛がうなずいて、彦三郎は「無理してないなら、それでいいけど」とはるの顔を覗き込んだ。

「無理なんてしてないです」

「うん。じゃあ、俺も熊吉んとこに一緒にいくよ。夜道はひとりじゃあ危ないから。いいかな」

はるが返事をするより先に、治兵衛が「そうしな」と彦三郎に告げ、はるが詰めたお重を布できっちりとまとめて彦三郎に預けた。

「重いもんは彦がお持ち。あんまり遅くまで外を出歩くと危ないから、頃合いをみて帰ってくるんだよ。木戸が閉まるまでに戻っておいで。あたしももう少しここにいるから」

彦三郎がはるの手を引き「いってくらあ」と外に出た。

つながれた手からほんのりと熱が伝わる。

江戸にはるが来たときも、この人は、わたしの前を歩いて引いてきてくれたんだったっけ。

「驚いてしまって」

何度目になるかわからないことをまたもやはるは唇から零した。

「うん。驚くだろうな。だけど——生きててくれてるのがわかったら、それがなによりだ。どこにいるんでも、生きててくれりゃあさ」

振り返りもせずに、そんな言葉だけが戻ってくる。

「どこにいるんでも、なにをしてるんでも。これが人違いでも、それはそれで」

はるさん、あんた、兄ちゃんに会えるといいね。

はるから見えるのは月明かりに照らされた彦三郎の背中と、うなじだけだった。手を引っこめようかと思ったけれど、彦三郎ははるの手を固く握りしめていて抜けそうにない。

「……はい」

全然しっかりしていないのに、こういうときだけ優しさを見せて手を引いて——本当に彦三郎は妙なところでずるいのだ。

そう思いながら、はるは、幼い子どもみたいな心地で彦三郎と手をつなぎ、夜道を歩いていった。

第四章　口福《こうふく》の祝い笹寿司

睦月《むつき》は「寒い」と言いながら忙《せわ》しなく働くうちに過ぎていった。

朝に汲《く》む水も少しずつぬるみ、ずいぶんと日が長くなってきた。起き抜けに二階の障子戸《しょうじど》を開けると、ひやりとした朝の気配のなかに梅の甘い香りが紛れ込んでいる。春の匂《にお》いだと鼻先をすんっと遠くへと向け、大川の流れを目を細めて眺める。きらきらと瞬く波が縮緬《ちりめん》みたいによじれて日を跳ね返している。

「あさり〜、しじみっ、はまぐり〜よ。あさり〜、むきみよっ」

ぼてふりがあさりを売る声がするのを聞いて、はるは、慌てて一階へと駆け下りる。

先だってから熊吉があさり売りをはじめたのだ。朝早くに冷たい水のなかに入って砂地を踏みしめあさりを集め、自分でとってきたそれを抱えて売り歩く。雨降りの日も寒い日も、熊吉は毎日、裸足《はだし》で水に入ってあさりを集める。だからはるは、毎日、熊吉からあさりを仕入れることにしている。

「熊ちゃん、あさりちょうだい」

勝手口から外に出て声をかける。熊吉は天秤棒《てんびんぼう》を抱えた姿で『なずな』の裏で足踏みをしていた。はるがなかなか出てこないからずっとここで待っていたようだ。

「はる姉ちゃん、今日はちょっと寝坊したね」

熊吉がにっと笑う。

熊吉は、はるが絶対に自分からあさりを買うことを知っている。だから、まず、はるの暮らすお気楽長屋のまわりをゆっくりとまわる。はるだけではなく、ときどきは三味線《しゃみせん》の師匠《ししょう》のお加代さんも熊吉からあさりやしじみを買っている。苦労が多いわりにはたいした稼ぎにはならない商売だが、かつてやっていた掏摸《すり》よりずっといい。大人たちは熊吉のこの商いをできる方法で応援しているのであった。

「ごめんなさい」

なかなか寝つけなかったものだからと、口にしかけて、呑《の》み込んだ。

その言い方は、心配してくれと言わんばかりじゃないか。ずっと年下の子どもに気を遣《よ》わせるなんて、みっともない。

過ぎった思いがはたとはるの動きを止める。そうか。以前、治兵衛がはるの気遣いを、眉間《みけん》にしわを寄せて笑いに紛らせてごまかしたのは、こんな気持ちになったからか。子どもに慰められるなんて恥ずかしいと思うのが、大人なのだ。子どもの前では、気張って、平気なふりをして、しっかりと立つ姿を見せていたい。

しかし熊吉は、うつむいたはるの顔を下から覗《のぞ》き込む。

「いいけどさ。はる姉ちゃん、どこか遠くになんかいかないよな。はる姉ちゃんが兄ちゃんを捜しに遠くにいくって聞いたけど、そんなの嘘《うそ》だろ」

熊吉が心配そうにして尋ねる。

「いかないでくれよ。おいらのあさり、はる姉ちゃんのところがいっとうたくさん買ってくれてるんだ。いなくなったら、おいら、困っちまう。それにおっかつぁんも、寂しがるし、また寝込んじまうよ。はる姉ちゃんの作ってくれる鶏《とり》のお粥《かゆ》のおかげでやっと起き上がって繕いものの仕事、少しできるようになったんだ」

すがるような目をされて、はるは困った顔で笑って返す。

「大丈夫。わたしはまだしばらく『なずな』にいるわよ」

かしわ飯が献立に加わった日に、竹之内がはるの兄を出島で見た気がすると言い——文《ふみ》を出して寅吉の行方を聞いてみようと申し出てくれて——しかしそれきり兄にまつわる話はなしのつぶてである。何度か竹之内とその友人たちが「かしわ飯」を食べにきてくれたが、その度に「はるさんの兄さんを見たという者はいないんじゃ」というしおれた報告を語られるだけだった。

竹之内の友人たちからの文をまとめると「かつて似た人を見たという話はあるんじゃ。ただそのお人はもうとっくに出島を出て、どこかに旅だってしまったとかで」ということである。

竹之内も最初の日こそ「似た顔じゃった」と言っていたが、だんだんに本当に似ていたかどうかがあいまいになっていくようで、ここのところは「見間違いじゃったかもしれん。そもそも、はるさんの兄さんはシーボルトさんに用があるような人ではなかとじゃろう」と首をひねっていた。

シーボルトさんというのは異国の人で医学に長《た》けた人ゆえに許しを得て病人の診察をまかされたのだそうである。たしかに、そんな偉い人とはるの兄が共に歩いている理由がまったくわからない。

たしかに「いた」のなら確認するために旅立つことも考えられるが「そもそもが違うかもしれない」と言われてしまうと、はるを引き留める周囲の声は大きくなる。治兵衛が「そんなあやふやな話だけで、はるさんをよそには出せないよ」とはるを留めた。そのうえで、似ていたというその人も「いなくなったし、どこにいったかは誰《だれ》も知らない」となると、遠い長崎まで捜しにいくことはためらわれる。

いや、そうだろうかとはるは思う。

ためらっている理由は、長崎にいるのが兄じゃないかもという迷いゆえではなく『なずな』を離れたくないからではないだろうか。

思えばはるは幼いときからずっと旅暮らしだった。ひとつところに長く過ごしていた記憶がない。親戚《しんせき》に預けられたときも、いつか兄が迎えに来てくれることを願いながら、みんなの邪魔にならないようにと生きてきた。

けれど『なずな』は違ったのだ。毎晩「また明日ここでなにを作ろうか」と考えてから眠りにつく度に、同じ場所で寝起きがつづくことのありがたさと、安心を、はるは、はじめて感じていた。

それだけじゃない。はるは『なずな』で、自分の料理を食べてもらって、それで銅銭をいただく幸せを知ってしまった。はるに包丁を握らせてくれるのは『なずな』だけなのは間違いない。

『なずな』は、はるが、やっと見つけた居場所だった。

江戸に出てきたときのように素早く心を決められないのは、ここが『なずな』だからである。そして、はるが、料理を作る喜びを知ってしまったがゆえだった。

けれど、はるは、そんな自分を、どこかで申し訳ないと感じている。兄を捜しにすぐに旅支度をできないような自分は薄情者だ。兄を遠くに追いやって、自分だけまわりに恵まれた居場所を見つけて安穏と暮らしている。そのうえに、たいした才覚もないくせに料理にこだわって、しがみついて。そういう気持ちが心のすみに、どうやっても落ちない汚れみたいになって染みついている。

「しばらくじゃなくて、ずっといなくちゃ駄目だよ。はる姉ちゃんがいなくなって治兵衛さんだけにしたら、また、ぱっとしない、美味《おい》しくない店に戻っちまう。はる姉ちゃんがいてこその『なずな』だってみんなが言ってんだから」

はるがいてこその店だなんて、まさかと思う。自分にそんな力があるものか。

「そんなことはないわよ。わたしがいなくたって『なずな』は大丈夫」

「いなきゃ嫌だ。嫌だよ」

熊吉がはるの着物の袖《そで》をぐっと摑《つか》んだ。

その小さな力が愛《いと》おしく、ありがたくて、はるは、熊吉の手をぎゅっと握り返した。


そんな朝――。

いつものように『なずな』を開けると、大八車を引いた男が店の前に停《と》まっている。

「お、ちょうどいい。ここが『なずな』だろう？　あんたが、はるさんだね」

車を引いてきた男がはるを見てそう言った。

「はい。そうです」

「治兵衛の旦那《だんな》からこれをここに届けといてくれって頼まれてきたんだ。店のなかに入れさせてくれ」

男は樽《たる》をひとつ「よいしょ」と担ぎ上げ『なずな』の店先に運び入れる。

「どこに置けばいいんだい」

「どこって、じゃあその漬物の樽の横に」

店の片隅にずっと古漬けの樽が置いてある。その横にぽんと積まれた樽を見て、はるは目を瞬《まばた》かせた。

「あの、これはいったいなんですか」

「笹《ささ》の葉の塩漬けだって聞いてるぜ。細かいことは治兵衛の旦那に聞きゃあいい。おいらはこれを運んでくれって頼まれただけだからさ」

そう言って男は笹の葉の塩漬けの樽を置いて、去っていったのであった。

笹の葉の塩漬け。それは治兵衛の亡き妻が、直二郎と共に漬けたものだと聞いている。前に話を聞いたときに「売ってください」と思わず口走った記憶がある。それきり治兵衛はなにも言わなかったものだから、聞き流されたものだとばかり思っていたのに。どうしていまさら、と樽の前で腕を組んでいると、治兵衛がからりと障子戸を開けた。

「おはようございます。治兵衛さん、これ……」

「欲しいって言っていただろう。売り物じゃあないから、銭はいらない。ただ、笹寿《ささず》司《し》を作ってもらいたいだけさ」

笹寿司を、とつぶやいてはるは樽の蓋《ふた》を開ける。なかから出てきたのは塩に漬かった緑の笹の葉だ。一枚取りだして、透かして見る。さすがに五年も漬かっているものだから、塩も半ば溶けかけてざらりとしている。縁《ふち》がわずかに黄ばんでいるが、葉の真ん中はつやつやとして緑のままだ。

「この葉は、塩抜きをして使えばいいんでしょうか」

「ああ、そうだろうね。どうやって塩を抜くかはあたしは知らないから、まかせるよ。塩漬けにした葉ってのは乾かない限りは何年たっても使えるもんだって聞いている」

「そうなんですね」

笹寿司というからには、笹の葉を使った寿司なのだろう。

「できるかい?」

治兵衛に聞かれ、はるは少しだけ考え込む。

「柿《かき》の葉寿司なら、子どものときに食べさせてもらったことがあります。笹の葉寿司って、味は普通の寿司ですか？　それともちらし寿司ですか」

「さちが作っていた笹寿司は、押し寿司だね。酢飯を笹の葉に盛り付けて、煮付けた椎茸《しいたけ》やらわらびやらそのときどきの山菜や野菜にあとは塩鮭《しおざけ》をほぐしたものを載せて錦糸卵《きんし》を散らしてた。箱に入れて、軽く押して、食べるときは、笹の葉でこう、くるっと巻いて、食べるんだ」

治兵衛がはるの手から笹の葉を取り、手のひらの上で半筒状にくるりと丸める。

「でもよそのうちのは、笹の葉を皿がわりにした、ちらし寿司だとも聞いていたよ。昔の戦のときに器のかわりに笹の葉を使ったのが発祥らしい。まあさちが言っていた話で本当かどうかは知らないけどね。その家々で作り方がちょっとずつ違っていて、上に載せるものも変わっていたとかなんだとか」

「はい」

「これから春の花見の時期にはそういうのを店先で売るのもいいかもしれない。どうだい？」

「そうですね。笹の葉に包んだものは腐らないから」

さすが治兵衛さんは商売上手だと感心するはるだった。

「はるさん、こういうちょっと変わった工夫をするのは得意だろう？　やってみなさいよ」

治兵衛が言う。

はるは治兵衛の手のなかで丸められた笹の葉をじっと見つめる。

「錦糸卵は彩りが綺麗《きれい》になるからいいですよね。緑の葉に黄色が散ってるとそれだけで嬉《うれ》しくなるし美味しそうです」

でもそうすると『なずな』で扱うには少し高くなってしまうのではと思案するはるを、治兵衛が見返す。

「作ってさ、そのついでに、あんたの迷いも振り払っちまいな」

「迷い……ですか？」

「兄さんが長崎にいるかもしれないって言われてから、あんたは迷っているだろう。あんたが困っているようだから、あたしたちみんなであんたに引導を渡してやるよ。はるさんの笹寿司が美味しかったら、はるさんは『なずな』にいていい。そのかわりみんながこの味を美味しくないと言ったら、長崎に兄さんを捜しにいきな。迷ったまま作ったもんを、あたしたちは美味しいとは言わないよ」

厳しい目で治兵衛が言う。

とうとう放《ほう》りだされてしまうのかと、きゅっと胃が小さく縮んだ。柔らかい手に腹の内側を握りしめられたみたいに、胸や腹の内側が、ずきりと痛くなる。

けれど、はるに引導を渡してくれるのが治兵衛の優しさなのだ。

が、すっと血の気が失《う》せたはるに、治兵衛は言葉を続けたのである。

「ただね、兄さんを捜して見つからないときは、うちに戻っておいで。もちろんあんたが戻ってきたいと思ったらって話だけどね」

「え。戻って……きていいんでしょうか」

思わず聞き返した。

「いいに決まってる」

「でも……わたしは」

「あんたがしたいようにして、いいんだよ。あんたの幸せは、あんたが決めていいんだ。捜しにいくのも、いかないのも――戻ってくるのも、来ないのも」

はるさん、と治兵衛が教え諭す言い方で続ける。

「あんたは手を動かしてなんぼだ。真面目《まじめ》に働いてなんぼだよ。まずは、あたしの気持ちに届くような旨《うま》い笹寿司を作ってみなさい。作っているうちに、あんたの腹も決まるだろう。自分がこの後どうしたいのか。あたしたちはそれを見届ける。だから、あんたは好きにしな」

だけどね、と治兵衛が言う。

「だけどとりあえず作ってみておくれよ。正直なことを言うとさ、笹寿司は、あたしがただ食べたいんだ。はるさんと話したら、思い出しちまってね。あの味をさ」

ただ食べたいんだと、柔らかいまなざしで治兵衛に言われ、はるはきょとんと目を見開く。

「さちは、縁起物だって言って正月も盆も、人が集まるときは笹寿司を作ってくれてたもんなんだ。ここぞっていう勝負時には気合いを入れて笹寿司で、商いがうまくいったときもお祝いもやっぱり笹寿司だった。あたしにとって笹寿司ってのは、おめでたくて、幸せな、祝い事の味なんだ。そろそろ、あたしも、自分の気持ちのなかの喪中を明けたいんだ。笹寿司を食べたら、すっきりするような気がするんだよ。はるさんだったら、あたしの知ってるあの味を丁寧にすくい取ってくれるだろう？」

そのために、思い出の味を、治兵衛は、はるにまかせてくれるのか。

ぼんやりとしていたはるのなかに、ぽうっと小さな火がついた。

「はるさん、江戸に負けるなよ」

「江戸に……」

「竹之内さんにおまえさんが言ったんだ。その気持ちがわかるような気がするってさ。自分に負けたくないんなら、その負けん気を、ここで見せておくれ。料理でさ」

料理で、という言葉がすとんとはるの心に落ちていく。

「はい。わかりました。思い出の味、作らせていただきます」

治兵衛の思い出の料理の笹寿司を美味しく作ることができたなら、はるは、なにかに勝てるのだろうか。自分の心の底についている、ここを出たくないという気持ちを汚いもののように感じられる自分自身を呑み込むことができるのか。あるいはその染みを洗い流すことができるのか。

はるは、江戸に負けたくない。自分自身に負けたくない。竹之内が言っていたのと同じ気持ちで、はるは、治兵衛の言葉にうなずいていた。


店の障子戸をからりと開けると、どこからともなく梅の花の甘い匂いがしている。かけた暖簾《のれん》が風でゆるやかに揺れる。

ちゅるるると囀《さえず》る声は気が早いメジロだろうか。

寒いけれど、心地よいと思う。

風を通したあとはいつもなら戸を閉めるのだけれど、今日はこのまま開け放しておこう。そうしていたら、店のなかから道行く人の様子を眺めることができるから。それに、逆に、道を歩く人たちは、店で作る料理のいい匂いを嗅《か》ぎ取って『なずな』のなかを覗き込むことができるのだ。

梅の花の匂いに負けないような、客を呼び込むような、いい匂いのする料理を作ろう。

いつもなら朝のうちにすべての料理をすませておいて、暖簾を掲げたあとは客が訪れるのを待っているのだが今日は違った。

思いがけずに笹寿司を作ることになったので、はるは手を休めない。

越後の笹寿司は、笹の葉を使った、彩り鮮やかな寿司だという。治兵衛の説明を聞いた範囲では、鮭やほぐした筋子、錦糸卵を載せた華やかな祝い寿司だ。

治兵衛のところでは押し寿司として作っていたが、家によっては押さずにちらし仕立ての寿司で食べるところもあるらしい。

はるは、まず、塩を薄く溶かした水のなかに笹の葉を沈めた。塩抜きをして、水で洗ってからここになにを載せようと考える。

なにを載せても、色が綺麗だ。

そして、なにを載せても、くるんだ葉を開いたときに、ふわりと笹の、春の香りがするに違いない。

だったら酢飯は酢を少なめにしてもいいかもしれない。せっかくの春の香りと競いあうような味にはしたくない。

白米だけでもいいけれど、少しだけ糯米《もちごめ》も入れて炊《た》いてみようか。もちっとした口触りがまじることで、食べ応《ごた》えが増すはずだ。

錦糸卵は甘く作ったほうが、治兵衛の好みの味になる。椎茸は佃煮《つくだに》だとちょっと甘すぎるから、出汁《だし》と醬油《しょうゆ》で調《ととの》えて煮付けたほうがいいのかもしれない。今日は残念ながら筋子はないけれど、ちょうど塩鮭を仕入れで買い置いたところだった。甘辛く炊いた油揚げを刻んで載せても美味しい気がする。けれど、治兵衛の妻の味なのだから、あまり奇をてらって作るのはきっとよくない。

少し早い菜の花も仕入れているから、湯がいて、添えてもいいかもしれない。でもそうすると色合いは綺麗だけれど、苦みが、酢飯の邪魔になるだろうか。

「治兵衛さんの思い出の味とは違うけれど、油揚げを入れた笹寿司も作ってもいいですか。何個か、違う中身で作ってみたいです」

笹の葉を見つめるはるの傍らで、いつものように治兵衛がちろりの世話をしている。

「ああ、いいよ」

はるにとっては運命を決める勝負だというのに、治兵衛の返事は暢気《のんき》なものだ。

「おはようさん」

と暖簾が揺れる。

彦三郎と八兵衛だった。

「はるさん、勝負するんだってな」

と八兵衛がはるの手元を覗き込んだ。

「はい」

「はるさん、笹寿司で喧嘩《けんか》するんだってね。はるさんは喧嘩には向いてないと思うけど」

彦三郎は少しだけ心配そうだ。

「おはようございます」

と冬水夫婦もやって来る。

「越後の笹寿司というのを作ってくれると聞いている。謙信《けんしん》公が戦のために笹の葉に包んで持ち歩いた携行食だそうだから一度食べてみたいと思っていた。押し寿司にするときと、笹の葉を舟の形にしたものにちらし寿司を盛り付けたのと両方があるようだが、どちらを作るのかな」

冬水は普段は無口なのに、うんちくを語るときだけ饒舌《じょうぜつ》になる。

「二種類とも作ろうと思います。押し寿司は今夜作って明日いただくとして、舟型にしたものに盛り付ける笹寿司は今日のうちに」

治兵衛の家の笹寿司は押し寿司にしたもののようなので、明日が本番の勝負になるが、今日は今日とて気が抜けない。

「うちの人、新しいものはそんなに食べたがらないのに、寿司だけは目がないから新しいものも食べたいってさ。治兵衛さんに聞いたときから機嫌がいいのよ」

しげがこそっとはるに耳打ちをする。言われてみれば床几《しょうぎ》に座った冬水は心なしか、そわそわと、楽しげな様子だ。

しかし今朝、笹寿司を作ると決めたばかりなのに、どうしてみんなが知っているのか。

「……治兵衛さん、昨日のうちに、いろんな人に広めてまわっていたんですか。わたしがもし笹寿司を作らないって言ったらどうするつもりだったんですか」

「どうもしないさ。それにあんたは、いま、笹寿司を作ってるだろう」

治兵衛はそううそぶいて、知らない顔だ。

もう、とため息をつきながらも、笹の葉や具を手にしているうちにはるの気持ちは不思議な具合に高揚していく。馴染《なじ》みのみんなが顔を出し、はるに一声かけてくれる。それが楽しく、とても嬉しい。声をかけてくれたみんなが美味しいと言ってくれる顔を思いながら、手を動かす。

鍋《なべ》にかけた水がふつふつと煮えていくように、はるの心の底からゆっくりと小さなあぶくが立つ。

自分はここが好きだと思う。

自分は料理を作るのが好きだなとも、思う。

寅吉を捜しながら『なずな』に身を置いていくことはできないのだろうかと考える。もしもこの勝負に勝つことができたなら、はるは、それを願っていいのだろうか。願っていいかどうかなんて、もはや、自分の気持ちひとつの問題なのだろうけれど。

竈《かまど》のひとつに鍋を置き、土鍋で米を炊く。糯米も少しだけ足してみた。炊き上がったら酢飯をこさえて、冷ませばいい。

もうひとつの竈で、こちらは朝に仕入れていた塩鮭を焼く。ぷうんと焼き魚のいい匂いがあたりを漂う。あとで身をほぐし笹寿司に散らすのだ。赤みのある魚はきっといい彩りになる。わらびを煮付けたものも作りたいところだが、あいにく、今日はわらびの仕入れがない。

鮭が焼き上がると、次は錦糸卵だ。甘めに焼いた黄色い卵を包丁ですっと細く切っていく。

椎茸は佃煮用に仕入れてあったのを少し小分けして、出汁で煮付ける。油揚げもいなり寿司と同じ味付けで甘く炊いた。冷ましてから細めに切って酢飯の上に載せ、胡麻《ご ま》をぱらりと振ったらきっと美味しい。野沢菜の漬物も載せてもいいかもしれない。

てきぱきと手を動かしているうちに笹寿司の具が次々と皿に盛られていった。

「はるさん、笹寿司の前に、ちょっと別なものもつまみたいんだけど。あたしは少し変わったものが食べてみたい。なにがあるのかしら」

しげが言う。

惣菜《そうざい》の菜はとっくに作り置いている。見世棚《みせだな》に並んだそれをしげは眺めているが、置いてあるもののなかに、しげの食指が動くものはないようである。

「はい。今日は、あさりがありますよ」

熊吉から買い込んだあさりが盥《たらい》のなかでぴゅっと潮を吹いている。毎日あさりを買うものだから、どれだけ使っても、あさりが尽きることはない。熊吉がとってくるあさりは、どれもこれも大きくて、ふっくらとしている。熊吉は要領のいい子だから、良い場所を見つけたのだろう。

春はあさりの旬《しゅん》である。味噌汁《みそしる》にすれば出汁いらず。切った葱《ねぎ》とあさりを味噌で煮込んでご飯にかければ江戸っこのみんなが大好きな深川めしができあがる。残ったぶんは貝から外して佃煮にする。串《くし》に刺してむき身を焼いてもいい。どうやって食べても間違いなしで美味しいが、ここのところ毎日、熊吉からあさりを買い込んでいるので別な料理にも仕立ててみたい。

冬から、春。

はるの作る料理が季節に寄り添って、変わっていく。

「あさりっていうと味噌汁しか思い浮かばない。他の食べ方があるのかい」

「はい。しげさんが好きそうな、ちょっと変わった美味しいものを作れますよ」

「じゃあ、お願いしようかしら」

「はい」

ざっくりと熱した鉄鍋にごま油を垂らして熱し、砂出しをしていたあさりをさっと入れて蓋をする。ばちばちと跳ねる音を聞いてから、治兵衛の手元から少し拝借した酒をひとわたりかける。じゅわっと音をさせて白い湯気が立つ。また蓋をして、軽く揺すってから貝が開くのを見計らい、茹《ゆ》でてあった菜の花を鍋に入れて混ぜあわせる。仕上げに赤唐辛子《あかとうがらし》の小口切りをはらりと載せると、あさりの旨味と唐辛子の辛みと菜の花の春の香りと苦みが混じりあった美味しい一品が出来上がる。

風に紛れて、梅の匂いを押しのけるような強い香りが外へと流れていく。

鍋を振りながら、はるは暖簾の向こうを行き来する人の足を気にかけている。誰かが店に入ってくれるだろうか。入ってきてくれればいい。

が、表の戸ではなく、裏の勝手口の戸がかたりと音をさせて開き、

「なに作ってるんだい。こりゃあ、ごま油だね。いい匂いがする」

すぐ裏に住んでいる彫《ほ》り辰《たつ》が顔を覗かせた。

彫《ほ》り辰は、腕のいい彫り物師だ。いぶし銀に似た渋い色気を放つ男前である。遅くに起きてくる宵っ張りだが、たまにこんなふうに『なずな』の料理の匂いにつられて早くに起きる。その度にどこか迷惑そうに目をしょぼつかせて「あんたんとこの料理は旨いのが、まずい」とよくわからない文句を言って帰っていくのだ。

「あさりと菜の花を炒《いた》めたものです。唐辛子の辛みがお酒のつまみにちょっといいかなと」

はるはそう言って、あさりと菜の花を半分だけ皿によそう。

蕾《つぼみ》の緑と黄の春の色が目に優しい。

「ぐっすり寝てるところに、いつもいい匂いをさ、寄越《よこ》しやがる。腹が減ってることを寝ながら思いだしちまうんだよなあ。……だいたい……あんたんとこの料理は旨《うめ》ぇのが、よくないんだ。それをくれよ」

そう言って彫り辰が床几に座る。

「ちょっと、それはあたしが先に頼んだんだよ。ちゃんとふたりぶんあるのかい」

しげに言われて、はるは笑顔になった。

「三人分くらいありますよ」

はるは菜の花とあさりを取り分けて、しげと彫り辰のところへと運んだ。

一口食べるとすぐに彫り辰もしげも「酒を」と言う。治兵衛が「はいよ」とちろりを運ぶ。満足そうに酒とあさりとを交互に口に放り込む彫り辰を見て、八兵衛が「同じのを俺《おれ》にもくれよ」とはるに言う。

「はい」

そう言われると思っていたから、多めに作ったのだ。別な皿によそって八兵衛のところに持っていく。

箸《はし》をつけた八兵衛がびっくりしたように目を剝いた。

「ああ、これは旨いな。このピリッと辛いところがいい。どれ、もうちょっと。酒も欲しいね。治兵衛さん、酒」

運ばれた酒に口をつけて「くぅっ」と唸《うな》る。

しげもまた箸をつけて幸せそうにしている。

「……ほろ苦くてピリッと辛くて……塩気もいいね。菜の花にあさりっていうと、春だねえ。こういうちょっと苦い味ってのはどうしてこんなに酒とあうのかわかんないねぇ」

「わかるわからないじゃないんだよ」

治兵衛がぼそりと言うが、しげも八兵衛も治兵衛の言葉は耳に入らないようである。すっかり、酒とあさりと菜の花に夢中だ。

「あんたも食べなよ」

しげが言い、冬水もあさりと菜の花に手をつけた。

「お」

冬水の目がかっと見開いて、しげがにんまりと笑顔になる。

「あんた、これは美味しいでしょう?」

「うむ。旨い。つんとくるやつを酒で洗い流してから、また、あさりと菜の花をつまむと止まらないな」

ひとつまみ食べてから、ぐいっと酒を流し込み、また菜の花とあさりをつまむを、くり返す。

「よかった。皆さんのお口にあう味に仕上がって……」

はるが言うと、しげが、

「ええ。これは、もとのはるさんの味ね。濃くって、どっしりとして、若い奴《やつ》の舌にあうような強い味で美味しい」

と言った。

「もとの……？」

「おお。もとのはるさんだ」

八兵衛があさりの身を箸でほじくりながら、なんていうことのない言い方で返す。

「この味を食えたからこそ言うけどね。兄さんが出島にいるかもって聞いてから、あんたの味は薄ぼんやりしてたよ。新しく変わったもんは作らなくなった。不思議なもんでおいらは別にはるさんの変わったもんが食いたいわけじゃあなかったのに、なけりゃあないで寂しいような気がしてたんだ」

「そ……うですか」

悩みが料理の味に伝わっていたのだろうか。それはあまにも己が至らなすぎて、胃の奥のところがきゅっと縮んだ。情けない。

「もとに戻ってよかったよ」

八兵衛が言い、冬水としげが顔を見合わせてうなずいた。

甘い匂いがしてきて米が炊き上がる。むらしてからおひつに移し酢飯を作る。片手で団扇《うちわ》で扇《あお》ぎながらかき混ぜていると、彦三郎がやって来て、団扇をすっと手に取った。

「ありがとう。彦三郎さん」

切るようにして、しゃもじを入れる。手応えが、少し重たい。糯米を入れたせいだ。炊き上がった米の粒に寿司酢がからまって、ぴかぴかとひかっている。できあがった酢飯を側《そば》に引き寄せ、塩抜きをした笹の葉を一枚ずつ丁寧に敷いていく。軽く酢飯を握り、形を整えて舟の形にした笹の葉にそうっと載せる。

次に、取っておいた具のなかから、まず塩鮭をつまんで酢飯の上に置いた。鮭の淡い赤の色のその隣に添えるのは煮付けた椎茸。その横に錦糸卵を載せる。三つの色が白い酢飯の上に連なって、笹の葉の舟に載っている。

「華やかだねえ」

彦三郎が目を細めた。

冬水が立ち上がり、はるの手元を覗き込む。

「ああ、これは目で見ていてもおめでたい。見る幸せを感じる寿司だね。これは眼《め》に福と書いて〝眼福〟ってやつだ。寿司というのはどんな取り合わせでも美味しいものだが、目と口を同時に満たしてくれるのが実にいい。美味しいだけじゃなく見栄《みば》えがするのは大事なことだ」

「冬水先生、そんなにお寿司が好きなんですか」

わざわざはるの近くに来て確認するなんて、はじめてのことだ。

「当たり前だ。寿司が嫌いな人間などいない」

断言する冬水を見て、しげがくすくすと笑っている。

はるは冬水に見守られながら次の笹寿司を作りだす。酢飯をふわりとゆるく握って笹の舟に載せる。その上に今度は油揚げと錦糸卵と椎茸を彩りよく盛りつけ、ぱらりと胡麻《ごま》を散らす。

鮭の笹寿司と油揚げの笹寿司の二種類を作ってざるに盛りつけると、冬水が待ちきれないようにして手をのばし、ひょいっとつまんだ。

「あ。冬水先生」

治兵衛に一番先に食べてもらおうと思っていたのに、まさか冬水がそんなことをするとは思いもよらなかった。

目を丸くするはるに頓着せず、冬水は大きな口を開け、笹寿司を頰張《ほおば》る。

ひとくち、ふたくちと、あっというまに食べ終えて、うっとりとした顔で冬水が言う。

「まず笹の香りが、いい。それに酢飯がちょうどいい味わいだ。甘すぎず酸っぱすぎずだ。この、もちもちとした舌触りは糯米を混ぜて炊いているのかな。塩鮭の塩気がよくきいている。この鮭も、しっとりとして、ぱさついていないのが美味しいね。椎茸も肉厚でぎゅっぎゅっと口のなかで嚙《か》みしめると出汁の味が染みこんでくる。これ、口のなかでお宝がたくさん混じりあった、幸せな味がするよ。口のなかが福々しいね。こりゃあ、あれだ。口に福で〝口福《こうふく》〟だ。これは、喧嘩になんてならないよ。はるさんの笹寿司は、これは勝ちだよ。勝ち」

冬水がここまで褒《ほ》めてくれるのは珍しい。

「あり……がとうございます」

「うむ」

冬水はすかさずもうひとつ笹寿司を手に取った。このままでは冬水にすべてを食べられてしまいそう。

ぺこりと頭を下げてから、はるは治兵衛に笹寿司を渡す。

他のみんなにも笹寿司をひとつずつ運んでいく。

それぞれに笹寿司に口をつけ「たしかにこりゃあ口が幸せだ」「旨いよ」「口福ってのは、当て字だけどたしかにうまいこと言っている」と言い合って、ぺろりと平らげた。

一番気になるのは治兵衛の様子だ。はるがじっと見つめていると、治兵衛は、一口ずつ噛みしめるようにして笹寿司を食べている。

「治兵衛さん、あの」

「美味しいよ」

治兵衛がぽつりとつぶやいた。

と——。

開け放していた入り口に人影が立った。

「いらっしゃいませ」

はると治兵衛の声が重なる。

店に入ってきたのは、濃い藍《あい》色の上田縞《うえだじま》の着物に羽織、銀杏髷《いちょうまげ》の男である。男が、はるの顔をじろりと一瞥《いちべつ》する。くっきりとした顔立ちの男の眉間《みけん》に、険しいしわが寄っている。このしわは、どこかで見たようなしわだとはるは首を傾《かし》げた。

男ははるの顔を見てから、ひとわたり店のなかを見渡して告げた。

「それで、あんたがはるさんかい」

「はい」

それで、とはいったいなんなのか。いきなりの問いかけにはるは今度は首をもう片方の側に傾げて男を見返す。

ふと気づけば、どういうわけか寒天で固めたかのように、みんなの動きが止まっている。妙な具合にみんなが口をつぐみ、はると男を凝視している。

「長一郎さん、なんでまた……」

しんとした店のなかに、彦三郎の言葉が落ちた。

「え？　長一郎さんって」

それは、たしか治兵衛の長男の名前だ。薬種問屋を継いで切り盛りしている孝行息子。言われてみれば、眉間のしわの刻まれ具合と、閻魔《えんま》のような怖い顔はうり二つである。治兵衛を若返らせて、嚙みしめる苦虫の数をいくぶん減らしたら、目の前の男の顔になる。

思わずはるは治兵衛を振り返る。それから長一郎へとまた顔を戻す。二往復ほど互いの顔を見比べる。

若いのと年寄りとの閻魔顔が互いに睨《にら》みあっている。

治兵衛の眉間のしわは峡谷のようにどんどん深く険しくなっていく。

「いつまで突っ立っているつもりだい。うちは一膳飯屋《いちぜんめしや》だ。とっとと座って、料理をお頼み。なにも食べる気がないんなら、おまえさんはうちの客じゃあない。帰ってもらおうか」

治兵衛が言う。

「ああ。わかったよ。じゃあ、それを。みんなが食べてるのと同じもんをおくれ」

長一郎はどさっと床几に座ると横柄にそう返す。

「は、はい。いますぐに」

はるは慌てて笹寿司をひとつこしらえた。

「美味しくなかったら許さないよ」

長一郎の声は役者みたいに、やけによく伝わるいい声だ。その声がいきなりそう釘《くぎ》を刺す。長一郎の放った言葉には客として以外の意味が見え隠れしているように感じられ、はるの顔が緊張で勝手にこわばる。

「うちの料理がまずかったことなんてないんだ。失礼なことを言いなさんな」

治兵衛が返す。

「おとっつぁんがやってたときはまずいことで有名だったけどね」

「そうだよ。あたしは料理なんてできなかったし、あのときの『なずな』は煮買い屋だったからね。いまとは違う」

「煮買い屋のときも遠目で見にきたんだ。はやっていなくて、びっくりしたよ。おとっつぁんは料理に向いてない」

「わかってる」

「それでも、ずうっと仕事一筋で道楽知らずのおとっつぁんが、隠居して直二郎の店を継いだのはなにかしら思うところがあったんだろうって、とにかくしばらく様子を見ようって思っていたさ。だけど」

長一郎はそこできっと顔を上げ、はるのほうをぎろりと睨む。長一郎のこめかみに青い筋が立っている。

はるが差しだした笹寿司を睨みつけ、

「なんだい。こんなものはね、まずいに決まって……」

と受け取って、一口食べて、ごくんと呑み込む。

長一郎は目を剝いて笹寿司を見て、嫌そうな顔をして遠ざける。

「旨いよな」

八兵衛が言った。長一郎は悔しそうに笹寿司を見てから八兵衛を見た。

「ああ、旨い」

まったく美味しくなさそうに歯ぎしりをしながらそう言った。長一郎は、どうやら嘘をつけない人のようである。「まずい」と吐き捨てればいいものを、それが言えない。

嘆息してから、長一郎は、治兵衛へと顔を向ける。

「旨くても、それとこれとは別ですよ。いいですか、おとっつぁん、あたしももう堪忍袋の緒が切れたんですよ。おっかつぁんが亡くなって、その後に直二郎も亡くなって——隠居すると店を放りだしてもあたしはなんにも言わなかった。ずっとがんばって働いてきた姿を見ていたから、なにも言えやしなかったんだ。その後に突然『なずな』をやるって言いだしたのも、なんの気まぐれかと思ったけどさ、ぼんやりしているよりはずっといいと喜んださ。それから、今度は、老いらくの恋だ。どこから来たのかわからない若い娘に『なずな』をまかせてるって噂《うわさ》を聞いて、それでも普通にしてくれてりゃあ、文句は言わない。ちゃんと筋を通して紹介してくれればって、あたしはずうっと待ってたんだ。そうしたら所帯をもってもらってもいいってね。なのに……いつまでたってもなんの挨拶《あいさつ》もないままで。若い娘に店をまかせるまではいいとして、うちの砂糖を安い売値で『なずな』に運んでいるのはどうかっていう話だ。なんだか数字があわないと思って、手代に帳簿を出してもらって驚いたのなんの。そんなふうにしないとやっていけないなら『なずな』なんてつぶしてしまいなさいよ。わざわざ店をやらせなくても、普通に囲っておけばいいものを。真面目をとおしてその年になって、いきなり自分の子より若い娘に入れあげて」

「え」

はるの口から声が漏れた。

治兵衛も眉間のしわを解き、ぽかんと口を開けて長一郎を見返した。

長一郎が言ってのけた言葉のすべてが頭に染みこむのには、ほんの少し時間がかかった。思ってもよらなかったことをまくし立てられると、言葉は耳の穴のなかにとどまらず、するすると解けて消えていくものらしい。老いらくの恋。所帯をもってもらってもいいってね。若い娘に店をまかせるまではいいとして、うちの砂糖を安い売値で。数字があわないと思って。手代に帳簿を出してもらって驚いたのなんの。そんなふうにしないとやっていけないなら『なずな』なんてつぶしてしまいなさいよ。

ばらばらになった言葉をどうにかこねあげて、形をなした途端に、はるの身の内側が怒りでぽっと熱くなる。

――治兵衛さんがわたしを囲っていると思っているっていうことなのね。

そのうえで商品である砂糖をよそより安く仕入れさせていると、難癖をつけている。

「砂糖って、なんだい」

治兵衛が聞いた。

「砂糖は砂糖ですよ」

長一郎の返事だ。

砂糖は薬と同じ扱いでかつては薬種問屋でしか取り扱えなかった品物だ。が、異国との貿易がはじまって少しずつ値崩れが起き、薬種問屋だけではなく砂糖問屋も取り扱えるようになっていた。安いものはおそらく質が悪いのだろうけれど『なずな』で使っているのは、安い問屋で少量で取引できる砂糖である。直二郎のときからそれはずっと変わらない。はるは直二郎の帳簿を眺め、治兵衛にも相談し、先日、直《じか》に砂糖を安く仕入れたから間違いない。

『なずな』は長一郎の『中野屋』から砂糖を仕入れたことは、ない。そもそも『なずな』は大きな問屋から仕入れられるような量を使わない。

「わたし、砂糖を安く仕入れてなんていないです。『なずな』は砂糖に限らずなにひとつ『中野屋』さんから仕入れたことはないんです。だって、そんな大きな商いができる店じゃないから、うちは」

慌ててはるはそう叫び、階段を駆け上がる。簞笥《たんす》から帳簿をつかみとり、走り降りて、長一郎の胸元へと突きつけた。

「なんだい。これは……」

と面食らったように言いながら、それでも長一郎ははるが書きつけた帳簿を眺め

「まあ、だけどもこんなのはいくらでも嘘の書きようがあるからね」と眉をひそめた。

「嘘の書きようがあるんだったら、うちじゃあなくて『中野屋』さんだってそうじゃないですか。そっちが間違っているかもしれないのに」

咄嗟《とっさ》に言い返してから、はっとする。

お世話になっている治兵衛がやっていた店に、こんな言い方をするなんて。しゅんと身体《からだ》をすくませて、おそるおそる治兵衛を見る。治兵衛は顎《あご》に手をあて、なにかを考え込んでいる。

そして、

「おまえ、馬鹿じゃないのかい」

と治兵衛が言った。

「馬鹿ってのはなんだい。どっちがだ。だいたい、おとっつぁんは、おっかつぁんが漬け込んでた笹の葉の塩漬けを手代に言いつけて、こっちに運ぼうとしたんだってね。好きな女の仕入れを安くする馬鹿はまだしも、好きな女に笹の葉の塩漬けを押しつけるような馬鹿に、馬鹿にされたくはないんだ。ありゃあもう、おっかつぁんの形見みたいなもんじゃあないか。なんでここに運ばせるんだい。あたしはね。それがなにより腹が立って」

笹の葉の塩漬け、と、治兵衛がつぶやく。

「そうだよ。笹の葉の塩漬けの樽だ」

砂糖は仕入れていないけれど、とはるは思う。

「笹の葉の塩漬けは」

いま、そこにある。

そしてこの笹寿司に使っている。

「そりゃあ、ないだろうよ。おとっつぁん」

絞りだすように長一郎が言った。

その声があまりに悲しげだったから、はるは悟ってしまったのだ。

長一郎が怒っているのは、砂糖の仕入れが安いことでも、よそで若い娘を囲っていることでもないのだと。

彦三郎が「あー、なるほどなあ。そうきたか。はるさんはそういうんじゃあないよって、みんなに言っておいたのになあ」と小声でつぶやき顔をつるりと撫《な》でて天を仰いだ。八兵衛は「ほら、見たことかだ。俺がご注進してやったのに治兵衛さんときたらきっちり始末をつけとかないから、こうなるんだ。身内には、ちゃんと話をしなくちゃならないって決まってる」と膝《ひざ》を叩《たた》いて笑い転げる。彫り辰が「いや、それはそれとして笹の葉の塩漬けってのはなんなんだ」と笑いながら、首をひねった。

「笑い事じゃやないっ」

長一郎が怒鳴り、

「笑ってないで助けなさいよっ」

治兵衛が彦三郎と八兵衛と彫り辰を叱《しか》りつけた。

眉間にしわを寄せるその形相が見事なくらいそっくりな親子ふたりなのであった。

だからはるは、

「笑い事じゃあないです。これは大事な話です」

と長一郎と治兵衛の顔を交互に見やってから、頭を下げる。

「申し訳ありません。笹の葉をいただいたばっかりにこんなことに」

「なんで、はるさんがあやまるんだい？　あんたなんにもしてないじゃないか」

つぶやいたのは、八兵衛だ。

「いいえ、わたしがしでかしたんです」

治兵衛に囲われて『なずな』をやっているのではと疑う向きがあることは、みちに言われてわかっていたのに、なんの手も打たないままずるずると過ごしていた。そのうえで大切な思い出にまつわる笹の葉の樽を『なずな』に運ばせた。いままで治兵衛がなにをしても我慢をしていた長一郎が、なんで今日、『なずな』に飛び込んできたのかは――すべては笹の葉の塩漬けの樽のせいなのだ。

記憶には残るけれど、決してもう作ってもらえることのない味、その大切さをはるはわかっている。二度ともう食べられない味の愛おしさに。思い返すとほんのりと優しく甘い。けれどどこか苦くて悲しく痛いのだ。どれだけ懐かしんでも、あの日もあの味も二度とは戻ってこないと思う気持ちは、はるも知っている。

誰のなかにも二度と巡り会えない思い出の味がある。

だから治兵衛に笹寿司を作れと言われて嬉しくて――だから長一郎は砂糖はいいが笹の葉の樽だけは、はるのもとに渡すなと直談判をしに来たのだ。

しかもその笹寿司を、はるはもう作ってしまったのだ。

「待っとくれ。はるさんがあやまることじゃないよ」

治兵衛が言う。

「情けないったらないよ。あたしは息子に、色ぼけをした馬鹿爺《じじい》だと思われていたってことなんだから。しかも、そういう息子のほうがあたしよりよっぽど馬鹿だ」

「馬鹿ってのは、なんだい」

長一郎が言い返したのを、きっと睨みつけて吐き捨てた。

「そもそも。はるさんを囲ってはいないが、それ以前の話でだいたい、あたしはね〝仕入れをよそより安くしてくれ〟と言ってくるような女は好きにならないし、そんなこたぁするわけがないよ。あたしのケチを甘くみるんじゃない。あたしはね、ドケチなんだよ。それで頑固で食えない爺なんだ。囲った女の店に半端に値を下げて品物を売るなんて、そんな『中野屋』の名を下げるようなことをこのあたしがするとでも思ってるのかい。馬鹿にしないでおくれよ」

一喝だった。

治兵衛の目がぎろりとひかる。

「あたしが商いしてきた背中見てきたわりに、そんなこともわかんないのかい。砂糖を安値で卸しているって？　だったらそれがどこかをきちんと調べな。砂糖の量と金箱をあらためて、番頭に話を聞いてから、こっちに来るのが筋だ。それはしてきたのかい。してないんだろう？」

治兵衛は長一郎の手から、はるが渡した帳簿を取り上げる。はるの書いた文字は小さすぎて、見るのに難儀なようである。遠くに掲げて目を細め「まったく」とつぶやいた。

「卸した先を『なずな』って書いておけばあんたの目をごまかせると思ったんだろう。長一郎はそういうところが甘いから。はるさんとの噂を流したのも手代だって言っていたね。おまえに代替わりしてから、うちの手代はなんだかあやしい動きをするようになったと思ってたんだ。おまえ、あなどられているよ。手代が帳簿をごまかして金か薬か砂糖かを盗みとってるんだ」

「え」

「手代だけじゃないよ。入ったばかりとはいえ口の軽い丁稚《でっち》ってのも、よくないよ。あたしがぼけたかもしれないとか、『なずな』に若い娘を囲ってるだとか、もしそれが本当だとしたら外に話してまわっちゃあならないし、嘘だとしても言ってまわることがうちの店の得になることはなにひとつない。どっちにしたって噂を流した丁稚はきちんと言って聞かせないとならない。おまえが自分でそれに気づいて、きっちり裏で采配《さいはい》してくれるのをあたしは待っていたんだけどね」

長一郎の怒りで赤くなっていた顔から血の気が引いて、さっと青くなっていく。

「だけど、塩漬けの笹の葉の件は……それはあたしが悪かった。あたしだけの味じゃあなかったね。あれは家族の――うちの店のみんなの味だ。だからこそ、はるさんに作ってもらってみんなで食べたいと思ったんだが、それを言わずに樽を運び込んだら」

寂しい気持ちになるんだろうね。

うつむいて、ぽつりとつぶやいたしまいの言葉が、床へと落ちていく。

気を取り直したように顔を上げ、治兵衛が言う。

「おかげで手代のしっぽをつかまえられたならいいことにしよう。はるさん、直二郎のとあんたのこの書き付け、ちょっと借りるよ。まだまだあたしは『中野屋』に必要っていうことだ。呆《ほう》けてる暇はなかったねえ」

治兵衛はすっと足を前に進め、歩きだす。

「暇はあったさ。半年、治兵衛さんは呆けていたよ」

彦三郎がよせばいいのにそんなことを言い返し、治兵衛がきっと睨みつける。

「うるさいね。彦三郎は」

「ああ、うるさいよ。他人だからね。子どもだったらなかなか言えない文句を、俺は、直二郎のかわりに、治兵衛さんに言おうと決めたんだ」

まったくと舌打ちをし、けれど治兵衛は小さく笑った。

治兵衛と長一郎が店を出ていく背を見送って、

「おかしなもんだ。他人孝行はたやすいのに、親孝行、子孝行ってのはどうしてこんなに難しいもんなんだろうね」

と彦三郎が小声で言った。

治兵衛は、結局その日は『なずな』には戻って来なかった。かわりに彦三郎がちろりの世話をして、馴染みの客や振りの客が入れ替わり立ち替わりで顔を見せ、あさりと菜の花の炒めものや、あさり汁に舌鼓を打った。笹寿司は治兵衛と長一郎が去っていってから、作るのをやめた。冬水はひどく残念がっていたけれど、勝手に使っていいとは思えなかった。

錦糸卵や椎茸の含め煮は残しておいても仕方ないと「ちらし寿司」にしてふるまっ

た。

「今日の味は、ぱっとしてんね」

と何人かの客がそう言った。

「春になったからかい。なにかが芽吹いている、若い味に戻ったじゃあねぇか」

与七も、はるが昼に持っていった、ちらし寿司とあさり汁を食べて笑っていた。

「若い味……ですか」

勝負だと気合いを入れて、迷いを振り捨てたからなのだろうか。

板場に戻ったはるは、手を動かしながら、いつもなら治兵衛がいるだろう場所をちらりと眺めた。


暮れ六つ（午後六時）の鐘と共に、はるは『なずな』の行灯《あんどん》を取り込んで火を消した。

あさりの佃煮に焼き鮭にと綺麗な色をちらした「ちらし寿司」に「酢飯の上に春が置いてある」と振りの客が目を細めたけれど、なにせ仕込みの数が多すぎた。「ちらし寿司にするより深川めしが食べたい」と言う客も多く、結局、なにもかもがあまってしまった。

「調子にのって……」

こんなに作って、あまらせて。

ほうっと吐息が零《こぼ》れ落ちた。

塩抜きをした少し黄ばんだ笹の葉がぽつんと盥に置いてある。

どれだけ時間が経《た》ったのか。しばらくひとりでぼうっと頬杖《ほおづえ》をついていた。

トントン。

裏の戸が叩かれる。

弾《はじ》かれたように顔が上がる。治兵衛か、それとも彦三郎か。あるいは熊吉が自らご飯をもらいにきたのかと、駆け寄って戸を開けると――そこにいるのは銀杏髷の若い閻魔であった。風呂敷包《ふろしきづつ》みを胸に抱え、眉間にしわを深く刻んだ生真面目な顔だ。

「長一郎さん……」

どうしてここにと口にしかけたはるの言葉を待たず、長一郎はいきなりその場で頭を下げた。

「悪かった」

きっちりと直角に頭を下げる長一郎の、髷が、はるの目の前だ。

「悪かったって……あの」

「手代が金をちょろまかして、あんたのところの名前で帳簿をつけてたんだ。おとっつぁんの言うとおりだった。手代はおとっつぁんのおつむがいよいよあやしくなってると踏んで、あたしやおとっつぁんを甘くみた。若旦那のあたしはなんの分別もない馬鹿ぼんで、おとっつぁんは女房と息子をなくしたせいで呆けはじめて——番頭の目だけごまかして、適当に銭をかき集めたところでとんずらしようともくろんでたんだ。丁稚もぐるだった」

あたしは本当に馬鹿ぼんだよ。

おとっつぁんが呆けてなんていないことは知ってたけどさ、突然言い出したわがままを「仕方ないこと」と許しちまった。

おっかつぁんが亡くなって、その後、直二郎が亡くなって。

あたしも、ぽかんと、おかしくなって。

だから、ちゃんと向き合って話そうともしないで、突然、おとっつぁんが隠居をして店を放り投げるのを許しちまった。

おとっつぁんは、子のあたしから見ても、仕事ひと筋で家なんて顧みないそういう人——だからこそ、おっかつぁんと息子に先立たれたらぷつって心の糸が切れることもあるんだろうってそう思ったんだ。

包丁を握ったこともないのに、直二郎の『なずな』を継いで店を開いたこと。その『なずな』に、見ず知らずの女を招き入れ、板場をまかせるようになったこと。なにもかもをあたしは「仕方ない」と流して受け入れた。

「でも本当は、ちっとも、受け入れてはなかったんだ。それで、今朝方、笹の葉の塩漬けの樽が『なずな』に運ばれたって聞いた瞬間に、頭んなかにかっと火がついたみたいになっちまって」

どうしてあんなに怒ったのかがわからないと、長一郎が言う。

「どうしてもこうしても」

とはるは返す。

「大事だったからでしょう。治兵衛さんのことが」

大事って、と長一郎がつぶやいた。

「おっかつぁんのことも、直二郎さんのことも、笹の葉の塩漬けの思い出もぜんぶが大事だったからでしょう」

「大事だからって」

「わかる気がするんです。……気がする、だけで、ちゃんとわかってはいないんでしようけど」

ぽつりぽつりと、はるは、思っていたことを口にする。

他人の気持ちなんて、どうやったってちゃんとわかることはないのである。わかったような気になるだけだ。

それでも、長一郎がなにかをずっと我慢してきたことだけは、わかるのだ。

他人孝行はできるのに、親孝行も子孝行もままならない。

きっと長一郎も、治兵衛と同じに、ぷつっとなにかが切れたまま、だましだまし動いてたんだろうと思う。

はるの言葉を聞いて、長一郎はまた謝罪する。

「あんたは関係ないのに叱られ損だ。……悪かった」

「わたしにあやまることなんて、ないですよ」

「いいから許すって言ってくれ」

「許すようなことはひとつとしてないんですけど、でも……」

許すと言わないと、長一郎は頭を上げてくれそうにない。

「許します」

ふうっと息を吐くようにそう言うと、長一郎がそろそろと顔を上げる。眉間に刻まれたしわを、はるは見つめる。本当に治兵衛さんによく似た、しわだ。

「ありがとう。これを返すよ。役に立った」

長一郎が差しだしてきたのは『なずな』の帳簿だ。はるのつけた拙《つたな》いものと、直二郎のものの二冊である。

「はい」

役に立ったなら、それでいいと思う。だが、幼いときから商いをたたき込まれて算《そろ》盤《ばん》に強いという長一郎の目からしたら、子どもの遊びみたいな書きっぷりに見えただろう。計算らしい計算もせずに、いきあたりばったりで仕入れたものと、出す料理、その日の売上げを書きとめている。なんとか利益は出してはいるが、直二郎の数字には、まだ届かない。

恥ずかしい気持ちで受け取ると、

「あと、これも」

さらにひとかかえある風呂敷包みを渡された。見た目の大きさに反してふわりと軽い風呂敷の中身はなんだろうと首を傾げると「お古で悪いが、着物だ」としかつめらしい顔のまま、ぶっきらぼうに告げてくる。

「着物、ですか」

「おとっつぁんは算盤ばっかりで、あんたの着物の丈が短いことにも気遣えない唐変《とうへん》木《ぼく》だから。それは、ちょうど、うちにあったんだ。いいもんじゃあない。おっかつぁんが着てた古い普段着さ。あんたくらいの年の娘が着てもおかしかないような色と柄のを見繕ったから、大丈夫だとは思うけど……」

「そんな……そんなものいただけません」

慌てて包みを返したが「いや。いいから」と押し戻される。

「もらってやってくれ。後生だから。あと、笹の葉の塩漬けも」

「塩漬けも？」

「もらってやってくれ。よく考えたら、あれを残しておいたところで、あたしもおとっつぁんも、うちの連中の誰ひとりとして笹寿司を作れやしないんだから。ここで使ってくれるんならなによりだ」

そういう話になったんだよと、長一郎がしかつめらしい顔で続ける。

「そういう話ってなんですか」

「はるさんにあたしがあやまって、許してくれたら、それであたしとおとっつぁんの親子喧嘩もおしまいだって、そういう話になったんだ。着物はあたしの気持ちで――笹の葉はおとっつぁんの気持ちだよ。しようのない親子喧嘩の後始末をあんたに押しつけて、悪かった。この通り」

長一郎はまたもや頭を下げようとする。

はるは着物の包みをぎゅっと胸元に抱きとめ「だったら」と、そう口にしていた。

「だったら、笹寿司を一緒に作るといいんですよ、きっと」

そう言ったときには、はるの手はもう動きはじめている。

塩を抜いた笹の葉がある。載せる具もあまっている。

重箱に笹の葉を詰めて、はるは言う。

「わたしは食べたことがないから、長一郎さんに本当の味を教えてもらいたい。治兵衛さんに聞いて、こういうものかなと考えていろんな具を取りそろえたんです。どう作ったって思い出の味には及ばないことはわかってますけど……。これはわたしだけかもしれないけれど、こんな味だったかな、どうやって作っていたかなって、思いだしながら作っていくと心んなかに懐かしい優しい気持ちが溢《あふ》れてくるんです。だから」

だから、一緒に、と。

「わたしとじゃあなくて、治兵衛さんと一緒に」

「おとっつぁんと」

「はい」

煮付けた椎茸に、焼いて身をほぐした鮭。あさりを炊いたものに、錦糸卵。

笹の葉のお重とは別に、取りそろえたものを詰めていく。

ふたつのお重を布で包んで、長一郎へと手渡した。

「治兵衛さんと一緒に作った笹寿司、できたらわたしに食べさせてくださいね」

包みを長一郎へと押しつけると、長一郎は目を瞬かせて「わかった」とうなずいたのだった。


翌朝である。

早くに起きて、井戸水を汲んで店へと運ぶ。どこかで、ケキョ、ケキョッと、寸足らずの鳴き方でウグイスが鳴いている。よく知る囀りを期待して耳をすますと、ホウホケ。でとまって後がない。かと思ったらケキョケキョケキョと三連発ほど高く鳴く。肩すかしで下手《へた》なそんな鳴き声に、はるは笑みを零す。

春の早い時期の若いウグイスは、鳴き方が下手だ。歌の上手《うま》い年かさのウグイスに習って歌を磨き、春の終わりにやっとどうにか歌を覚える。なかには覚えきれないウグイスもいると聞いたような気もするけれど。

自分と同じだ。

彦三郎や長一郎とも似ているのかも。

若いウグイスが、ホウホケキョといい声で長く鳴くには、まだまだ修行が必要だ。

てきぱきと用事をこなし、はるは、木戸脇《わき》の地蔵へと朝のお参りに向かう。いつもはおにぎりを握って供えるのだけれど、今日のお供えは笹寿司だ。

昨日の夜、長一郎を送りだしてから、あらためて自分のぶんも作ってみた。敷きつめた笹の葉に酢飯を載せて、煮染めた椎茸を細く切ったものと塩鮭に錦糸卵をはらりと載せて、平たい皿と重しを載せて一晩置いた。笹の香りがふわりと立ち上り、くるまれた酢飯の上に卵の黄色と鮭の赤が散っている。

「今日は笹寿司なんです。ただ、これが本当の味かどうかはわからない。治兵衛さんがいらしたら食べていただくつもりですけど」

思い出の味は心のなかにあって、近くて、遠い。あっているのか、あっていないのかなんて、食べた記憶を持つ本人にだってわからない。

いつものように地蔵の顔を手巾《しゅきん》で拭《ふ》きながら、はるは地蔵に語りかける。

「でも、味見をしたら美味しかったんですよ。笹に包むと腐らないから、笹寿司なら、少し遠くまで売り歩くこともできるかもしれないなと思うんです。朝に取ったあさりを売ったあとに、熊ちゃんに笹寿司を、昼に売ってきてもらってもいいかもしれないですね。これも治兵衛さんに相談しないとならないことですけど」

　誰にでも思い出の味がある。

　大切にしたいものがある。

「それで、お地蔵さま……今日は、わたし、また鶏を仕入れようと思うんです。かしわ飯とは別に、うちのおとっつぁんが作ってくれた鶏湯漬けを……」

　かしわ出汁茶漬けの名前をつけて、出してみようとはるは、昨夜、思ったのだ。

「わたしのおとっつぁんは食いしん坊で、身体にいいものをよく知ってた。わたしは鶏をよく食べさせてもらって、どれも美味しくいただいた。だから、わたし、鶏の肉の献立をもうちょっと増やしてみたい。ももんじ屋じゃあないのにそういうものを扱う一膳飯屋で、ちょっとでも有名になったらさ、この思い出の味を覚えている兄ちゃんがここに来るってこともあるかもしれないから」

　捜しにはいかない。

　ここにいる。

　そして、人の身体を元気にして、喜んでもらえるような料理を作る。

かつて自分が食べた思い出の味が評判になることで、もしかしたら兄が『なずな』を訪ねてくれるのではなどと、甘い夢を見はじめたことは、まだはるは誰にも告げられないでいた。

ケキョ、ホケキョ。

どこか遠くで若いウグイスが拙いながらの精一杯の囀りを空に響かせていた。

本書は、ハルキ文庫（時代小説文庫）の書き下ろし作品です。

時代小説文庫
さ 28-2

口《こう》福《ふく》の祝《いわ》い笹《ささ》寿《ず》司《し》 はるの味《あじ》だより

著者 佐《さ》々《さ》木《き》禎《てい》子《こ》

2022年4月18日第一刷発行

発行者 角川春樹

発行所 株式会社 角川春樹事務所
〒102-0074 東京都千代田区九段南2-1-30 イタリア文化会館

電話 03(3263)5247[編集] 03(3263)5881[営業]

印刷・製本 中央精版印刷株式会社

フォーマット・デザイン＆シンボルマーク 芦澤泰偉

ISBN978-4-7584-4473-6 C0193

http://www.kadokawaharuki.co.jp/[営業]
fanmail@kadokawaharuki.co.jp[編集] ご意見・ご感想をお寄せください。